Der Ruf des Todes

von

Theresa Ernst

Bibliographische Informationen der Deutschen Nationalbibliothek

Die Deutsche Nationalbibliothek verzeichnet diese Publikation in der Deutschen Nationalbibliographie, detaillierte bibliografische Daten sind im Internet über http://dnb.dnb.de abrufbar.

IMPRESSUM

© 2019 Theresa Ernst

Herstellung und Verlag

BoD – Books on Demand, Norderstedt

ISBN 9783738639773

Erster Teil: Das Buch

In der Perspektive des Erzählers

Das Buch

Ein Mädchen lief auf der Straße in Richtung der Stadtbibliothek von Cornwall. Sie war noch zu weit weg um sie zu erkennen, jetzt kam sie näher, es war Loren. Ein groß gewachsenes junges Mädchen mit langen roten Haaren, um die 16 Jahre alt. Sie trug ein weißes Kleid. Wieder hatte sie ein Buch fertig gelesen. Als sie die Bibliothek erreichte ging sie eilig hinein. Die Bibliothekarin bedachte sie nur mit einem kurzen Kopfnicken, als Loren das Buch auf ihren Tresen legte. Loren beachtete sie kaum und ging schnurstracks auf ein Regal zu, als ob sie von irgendetwas angezogen werden würde. Sie nahm ein Buch heraus welches von seiner äußeren Aufmachung demjenigen glich, dass sie gerade zurückgebracht hatte. Beim näheren Hinsehen erkannte man den Titel, er lautete:

< DER RUF DES TODES >.

Loren ging zurück zum Tresen der Bibliothekarin, reichte ihr das Buch und eine kleine Karte, die ihr die Bibliothekarin abstempelte. Wortlos reichte sie Loren das Buch, was diese hastig in ihre Tasche steckte und eilig die Bibliothek verließ. Draußen schlug ihr die milde Frühlingsluft entgegen, als sie durch die kleinen Gässchen des typisch cornischen Städtchens lief. Alles schien so ruhig und friedlich, so dass auch Loren von dieser Ruhe angesteckt wurde und sie sich gleichmütig und frei fühlte.

Endlich wandte sich Loren einem unscheinbaren Haus zu. Wie die meisten Häuser in dieser Gegend, war auch dieses weiß und hatte grüne Fensterläden. Es war nicht Lorens Haus, sondern das ihrer Pflegemutter, Caja Simmons. Hastig nahm sie den Schlüssel aus ihrer Tasche und schloss die Tür auf. Sie wusste, dass sie bereits zu spät war und ihre Pflegemutter schon auf sie warten würde. Loren trat in den spärlich beleuchteten Hausflur und legte hastig ihre Tasche mit dem Buch darin auf einen kleinen Hocker und hängte Ihre Jacke darüber. Dann betrat sie das Wohnzimmer, das einfach, aber sehr gemütlich eingerichtet war. Sie fragte sich, wo ihre Pflegemutter war, da hörte sie auch schon ihre Stimme aus der Küche:

< Loren, bist du das? > Ohne ihre Antwort abzuwarten, rief sie nun ungeduldiger:

< Loren wo bleibst du denn, ich brauche deine Hilfe! >

Das klang nach Ärger. Loren rannte in die Küche.

< Ja Pflegemutter? >, sagte sie in einem möglichst beschwichtigenden Ton.

< Du weißt doch, dass du mich nicht so nennen sollst, > antwortete ihr Caja leicht aufgebracht.

< Es tut mir leid Miss Simmons! >, antwortete Loren sofort schuldbewusst.

Miss Simmons, eine hagere Person mit einem strengen, grau-melierten Dutt in den Siebzigern, war mehr eine Arbeitgeberin als eine Pflegemutter. Sie holte Loren, die ihre gesamte Kindheit nach dem Tod ihrer Eltern, in unterschiedlichen Heimen und Pflegefamilien verbracht hatte, zu sich, als ihr Mann starb. Sie hatte das Alleinsein satt bekommen und nun, da sie auch nicht mehr die Jüngste war, brauchte sie jemanden, der ihr beim Haushalt zur Hand ging.

< Hilf mir mit der Pastete, und eines noch, wo warst du? Ich hoffe du hast dir nicht schon wieder ein Buch geholt. Du weißt ja was mit dem letzten passiert ist! >

Natürlich wusste Loren das; nur zu gut. Mit Schaudern erinnerte sie sich daran dass das letzte Buch im Feuer gelandet war. Sie hatte ewig gebraucht, es abzubezahlen.

< Ich war ein wenig an der frischen Luft spazieren. Und NEIN ich habe mir kein neues Buch ausgeliehen. >

< Das ist gut, du weißt ja, dass du nicht Lesen sollst, sondern dich lieber mit sinnvollen Dingen befassen sollst. >

Caja Simmons vertrat noch die mittelalterliche Ansicht, dass junge Mädchen nicht in die Schule gehörten, sondern hinter den Herd.

Loren hatte schon mehrere Diskussionen mit ihr diesbezüglich geführt. Was dazu gemündet hatte, dass sie schließlich nachgegeben und Loren erlaubt hatte wenigstens in die Sonntagsschule zu gehen.

Nachdem Loren Caja bei der Pastete geholfen hatte, schlich sie sich in den Flur und griff ihre Tasche. Das Ganze musste sehr schnell und leise vor sich gehen, denn Caja saß im Wohnzimmer nebenan und hörte alles. In ihrer Tasche spürte sie deutlich das Buch und vor Freude hätte sie einen Luftsprung machen können, doch das hätte sie endgültig verraten. Also schlich sie leise die zwei Treppen hoch und in ihr Dachbodenzimmer. Für Loren war es das schönste Zimmer im Haus, denn es gehörte ihr ganz allein! Sie hatte ein Bett an der rechten Wand aufgestellt und einen kleinen, etwas demolierten Schrank an der linken Wand. In ihrem Schrank hingen momentan fünf Kleider, alle von Caja selbst genäht. Ein schwarzes, für Trauertage, ein weißes für Kirche und Feste, ein rotes, weil Loren rot so sehr mochte und ein blaues und rosafarbenes, weil Caja es so wollte. Loren sollte, nach ihren Vorstellungen so unauffällig, wie alle anderen jungen Mädchen aussehen, denn durch ihre roten Haare, war sie schon auffällig genug. Neben Lorens Bett stand ein kleiner Nachttisch, mit einer Lampe darauf. An der Wand gegenüber der Tür befand sich ein Fenster. Zwar nur klein aber immerhin! Loren legte ihre Tasche auf den Nachttisch und hob ihr Kissen an, um ihr Nachthemd darunter hervorzuholen. Schnell zog sie es über und ließ sich dann erschöpft auf das behagliche Bett fallen. Als sie es sich gemütlich gemacht hatte, holte sie ihr Buch hervor und begann zu lesen...

Der Sprung ins Unbekannte

Es war eine dunkle Nacht als sie die Stimme hörte. Sie war sich nicht sicher, aber die Stimme schien von irgendwoher dicht hinter ihr zu kommen. Immer näher schien sie zu kommen. Die Stimme ließ sie erschaudern, es war eine außergewöhnliche, unheimliche Stimme. Das Mädchen rannte, wollte nur von dieser Stimme davonkommen und kam schließlich auf einer Lichtung an. Hier sah sie ein kleines Holzhaus, ohne Fenster, mit einem dunklen Dach. Verfolgt von der furchtbaren Stimme, stürzte sie voller Angst ins Haus, in der Hoffnung hier Schutz zu finden. Hastig schloss sie die Tür hinter sich. Nun, da sie sich an die Dunkelheit gewöhnt hatte, sah sie einen leeren Raum. Draußen war immer noch die unheimlich Stimme zu hören, die immer wieder rief:

< Komm zu mir! >

Obwohl der Satz deutlich zu hören war, und in Folge dessen die Stimme auch sehr nah war, schien aus unerfindlichen Gründen niemand, wie das Mädchen erleichtert feststellte, herein kommen zu wollen.

Das Mädchen durchschritt den Raum und entdeckte eine weitere Tür. Da diese unmöglich nach draußen führen konnte, musste es ein Zugang zu einem weiteren Zimmer sein. Vorsichtig öffnete sie die Tür. Der entsetzliche Anblick, der sich ihr hier bot, ließ ihr das Blut in den Adern gefrieren: das Erste, was sie wahrnahm war, dass der Raum voller Blut war und schließlich sah sie es deutlich: überall lagen tote menschliche Körper. Panik stieg in ihr auf. Schließlich brach sie zusammen. Als sie wieder zu sich kam, waren ihre Hände voller Blut. Entsetzt blickte sie auf darauf und schloss sie schnell zu einer Faust.

Loren war so müde und obwohl das gerade Gelesene so spannend war, konnte sie ihre Augen nicht mehr offen halten. Sie schlief ein. Das Buch in ihren Armen.

< Komm zu mir! >

< Komm zu mir! >

Loren schreckte hoch. Das Buch begann blutrot zu leuchten. Es öffnete sich und Hände begannen Loren in das Buch zu ziehen, blutige Hände. Sie zerkratzten ihre Haut, alles begann sich um sie her zu drehen und sie schien mit einer unglaublichen Geschwindigkeit irgendwo hineinzufallen. Das Buch war immer noch in ihrem Zimmer, auf ihrem Bett.

Die Lichtung

< Komm zu mir! >

< Komm zu mir! >

Loren rappelte sich hoch und rannte. Sie wusste nicht wo sie war, sie wusste nur eins: weg von dieser entsetzlichen Stimme. Sie hatte furchtbare Angst. Es war völlig dunkel und etwas rauschte an ihr vorbei und zerkratzte ihr die Wange. Sie rannte durch einen Wald immer wieder rief die Stimme:

< Komm zu mir! >

Plötzlich trat sie auf eine Lichtung, auf der sich ein kleines Holzhaus befand. Loren dachte nicht nach, sie riss die Tür auf, trat ein und schlug die Tür schnell hinter sich zu. Es war stockfinster. Nur langsam gewöhnten sich ihre Augen an die Dunkelheit. Sie erschrak zu Tode, eine Frau und ein Mann kauerten halbtot in einer Ecke des Zimmers. Ein Schrei durchbrach die Finsternis. Sie selbst hatte geschrien. Sie bekam panische Angst, riss die Tür auf und rannte aus dem Haus in den Wald. War das nur ein böser Traum oder war das Realität? Loren kniff sich in den Arm und wünschte sich sehnlichst aus diesem Albtraum zu erwachen, aber nichts geschah. Fieberhaft suchte sie nach einem Platz, wo sie in Ruhe, soweit dies überhaupt möglich war, nachdenken konnte.

Jetzt erinnerte sie sich wieder: Ja, sie hatte ein Buch gelesen, bevor sie eingeschlafen war, ein spannendes Buch, jenes, dass sie sich gerade aus der Bibliothek ausgeliehen hatte. Schlagartig traf sie die Erkenntnis: das, was sie hier erlebte, war genauso in dem Buch geschildert worden, bis auf eine Abweichung: das Zimmer mit den vielen Toten, wo war es?

Ein Gefühl der Angst, aber auch der Neugierde erfasste sie. Schließlich siegte die Neugierde: sie musste herausfinden, ob sie wirklich in der Geschichte war. Entschlossen machte sie sich auf zur Hütte, als gerade die Sonne aufging.

Sie merkte erst jetzt wie viel sie gelaufen war, jetzt wo sie den Weg wieder zurückgehen musste. Endlich kam sie zum Haus. Loren trat ein. Die beiden Menschen, die noch vor kurzem hier kauerten, waren weg. Aber Loren war das in diesem Moment egal. Sie wollte das Zimmer finden. Und da entdeckte sie hinten an der Wand eine Tür. Loren zögerte. Aber schließlich kam sie zu dem Schluss, dass das Ganze ein Traum sein müsse, also warum sollte sie nicht nachschauen, was sich hinter der Tür verbarg? Sie öffnete langsam und vorsichtig die Tür. Und wieder packte sie das blanke Entsetzen: da lagen sie: viele tote, menschliche Körper. Loren stieß dieses Mal keinen Schrei aus, als hätte sie schon vorher gewusst, was sie erwartet. Sie trat einen Schritt ins Zimmer, als wollte sie sich noch einmal vergewissern, ob das, was sie sah, wirklich da war. Zu spät erkannte sie, dass sie diesen Schritt nicht hätte machen sollen, denn sie stürzte durch eine Falltür direkt in die Tiefe.

Wo? Was? Wie? Wer?

Es war stockfinster. Loren lag auf dem Rücken. Ihr gesamter Körper schmerzte. Aus ihrem Bein floss Blut. Sie richtete sich langsam und vorsichtig auf, denn ihr Bein durchzuckte ein stechender Schmerz. Plötzlich waren Schritte zu hören. Wieder stieg Panik in ihr auf. Ihr Blick glitt an einer felsigen Höhlenwand entlang. Immer näher kamen die Schritte. Da entdeckte Loren einen kleinen Spalt in der Höhlenwand. Klein aber groß genug, dass sie hindurch passen konnte. Sie humpelte zur Öffnung und quetschte sich hindurch. Die andere Seite war mit Fackeln beleuchtet, sah aber ansonsten genauso aus, wie auf der anderen Seite der Öffnung. Mit einem Unterschied: die Schritte kamen jetzt direkt auf sie zu. Loren erstarrte vor Angst. Wenn sie sich wirklich im Buch befand und alles sprach dafür, dann hieß das nichts Gutes. Drei Männer bogen um die Ecke. Sie kamen direkt auf Loren zu. Als hätten sie sie erwartet. Der eine lachte und sagte zu den beiden anderen:

< Kaum ist die Eine tot, folgt bereits die Nächste. >

Zweite Teil: Loren

Aus Lorens Perspektive

Wo? Was? Wie? Wer? - Fortsetzung

Verdammt noch mal, was sind das für Typen. Und was meinte der eine, als er sagte: < KAUM IST DIE EINE TOT, KOMMT DIE NÄCHSTE? > Die drei Männer kamen immer näher.

< Du hast bestimmt Fragen, wie alle. Deine Fragen lauten bestimmt: Wo? Was? Wie? Wer? das alles werden wir dir nicht beantworten. >

Das waren genau die Fragen die ich hatte. Und er sprach wieder von **WIE ALLE.** Das ist doch wirklich merkwürdig und gruselig zugleich. Erst jetzt betrachtete ich die drei Männer genauer. Alle drei waren dicklich, sie waren auf jeden Fall älter als 20. Zerfranste und abgenutzte Kleidung, sie trugen keine Schuhe und alle drei trugen merkwürdiger Weise die gleichen Sachen. Sogar einen Gürtel mit Messern, Peitschen, und einer kleinen Flasche auf der ein Totenkopf abgebildet war.

< Mädchen los komm, Jungs wir bringen sie zu Thanos. >

Einer der drei packte mich am Arm und zerrte mich vorwärts. < Thanos, wer war Thanos >, fuhr es mir durch den Kopf. Mein Bein blutete immer noch und tat höllisch weh. Wir gingen einen Gang entlang. Während dessen unterhielten sich die Männer leise. Ich schnappte nur Satzfetzen auf wie: < DAS WIRD EIN SPASS, WAS WIRD THANOS WOHL MIT IHR MACHEN, WO SIE WOHL HERKOMMT, ICH WÜRDE ES GERNE SELBER MACHEN. >

Als der Gang endete vernahm ich Schreie.

< Wir sind da Mädchen. Da rein nah los! >

Der eine schubste mich durch eine Tür aus Holz. Die Tür hatte Eisenbeschläge. Das konnte ich sehen als ich in den Raum stolperte. Die Männer traten ebenfalls in den Raum. Der Raum war durch Kerzen spärlich erleuchtet. Er war prachtvoll eingerichtet. In der Mitte des Zimmers war ein Tisch. Vor diesem stand ein junger Mann ungefähr in meinem Alter. Er hatte, genau wie die drei Männer Lederkleidung an. Seine blauen Augen schauten die Männer scharf an. Er hatte kinnlanges hellblondes Haar. Der junge Mann schaute die Männer auffordernd an.

< Was wollt ihr? > frage er. Seine Stimme war tief und hallte durch den Raum.

Erst jetzt fiel sein Blick auf mich.

< Ist das etwa schon die Nächste? Das ging ja schnell > er lachte.

Die Männer stimmten in sein Gelächter ein. Einer der Männer, der der mich durch die Tür gestoßen hatte, erwiderte:

< Wir haben uns auch gewundert, Boss. >

Er nannte den jungen Mann Boss? Wieso? Die Männer waren doch mindestens 5 Jahre älter.

Der junge Mann kam auf mich zu. Ich wich einen Schritt zurück. Nicht weil ich Angst hatte, sondern weil er ein Messer in der Hand hielt. Er bemerkte meinen ängstlichen Blick und folgte ihm. Nun lag sein Blick auch auf dem Messer. Er steckte es vorsichtig weg. Er schaute mich wieder an und jetzt lag etwas Anderes in seinem Blick: während es vorher Sicherheit und Stärke war, war sein Blick nun vorsichtig und irgendwie wirkte er dabei sehr verletzlich. Wir schauten uns noch einen Augenblick an und dann wendete er sich ab. Er sagte:

< Willkommen in unseren Folterhöhlen, ich bin Thanos. Und wer bist du? >

< Keine Panik, keine Panik>, dachte ich. Was hatte er gesagt? < Ganz ruhig, du hast dich bestimmt verhört. > Ich musste etwas sagen, also fragte ich:

< Hast du gerade Folterhöhlen gesagt? >

Der junge Mann, den sie Thanos nannten, lachte und sagte:

< Ja, habe ich. >

Einer der Männer stieß mich ziemlich unsanft in die Seite:

< Willst du dich nicht vorstellen? >, fragte er.

Ich schaute alle Männer so herablassend an, wie ich nur konnte, und erwiderte:

< Das hatte ich nicht vor. >

Kaum hatte ich dies gesagt, war ich auch schon über mich selbst erschrocken. Wie dumm konnte ich nur sein? Diese Männer waren bewaffnet, wenn sie wollten, könnten sie mich auf der Stelle umbringen. Der Mann, der mich aufgefordert hatte mich vorzustellen, sagte gereizt:

< Das war keine bitte Mädchen! >

Thanos machte eine Kopfbewegung in Richtung Tür. Die drei Männer verließen den Raum. Kaum waren sie gegangen, schaute er mich an und fragte:

< Du bist Loren oder? >

< Woher weißt du das? > fragte ich verblüfft.

Er wusste meinen Namen. Woher?

< Das heißt dann also ja >, entgegnete Thanos belustigt, ohne auf meine Frage zu antworten.

Sofort schoss mir die Frage durch den Kopf, was er wohl noch über mich wusste, außer meinem Namen?

Doch noch während ich dies dachte, sprach mich Thanos erneut an:

< Du hast bestimmt Fragen, nun hast du die Chance sie zu stellen. >

< Wo bin ich? >, war meine erste Frage und ich hoffte inständig, er würde mir ehrlich antworten.

Doch jäh wurde ich durch seine Antwort enttäuscht: < Rate! >

Offensichtlich wollte er ein Spiel spielen. Nun, das konnte ich auch!

< Ich schätze ich bin in einem Buch oder vielleicht werde ich auch

verrückt? >

< Ich glaube ein bisschen von beidem >, war seine wenig beruhigende Antwort.

Er lachte. Ein arrogantes, künstliches Lachen. Das konnte nicht möglich sein. Das, was ich nicht für möglich gehalten hatte, war tatsächlich eingetreten: ich war tatsächlich in einem Buch und zwar in dem Buch, das ich gerade gelesen hatte.

< Was mich interessiert ist, woher du das Buch hast? >, fragte mich Thanos.

< Ich dachte ich darf Fragen stellen?> sagte ich.

Er blickte mich bedrohlich an und ließ seine Hand zum Messer gleiten.

< Ich habe es ausgeliehen<, entgegnete ich schnell.

< Ach so, interessant >, Thanos schien wieder etwas besänftigt.

Ich versuchte meine Gedanken zu sortieren: Okay, ich war offensichtlich tatsächlich in meinem Buch. Aber das konnte doch nicht möglich sein, das war doch wirklich verrückt!

< Wie geht das?>, fragte ich deshalb spontan.

Es fiel mir jetzt erst auf, dass ich natürlich nicht laut gedacht hatte, also warf ich noch ein:

< Dass ich im Buch bin? >

< Es ist so etwas, wie eine Kettenreaktion. Wenn du bis zu der letzten Stelle liest die es im Buch gibt, das wäre die Stelle, wo das Mädchen in das Zimmer geht und die Leichen sieht, dann bist du hier. Das ist meine Vermutung>, antwortete Thanos.

Die Gedanken wirbelten durch meinen Kopf: das war doch alles Unsinn, wahrscheinlich nur ein Streich. Vielleicht aber auch nicht. Es war alles wie im Buch: das Zimmer, die Leichen. Das konnte und durfte nicht sein:

< ICH BIN IM BUCH!! >

Fragestunde

< Du brauchst keine Angst haben. Du bist in der Geschichte gefangen und wenn diese zu Ende ist, geschieht dir nichts >, sagte Thanos

Er klang sehr sicher, wie als hätte er es auswendig gelernt. Das beunruhigte mich, vor allem angesichts dessen, dass die Buchreihe, die ich mir immer in der Bücherei ausgeliehen hatte, ziemlich blutrünstige Krimis waren. Sollte ich in so einer Geschichte jetzt gefangen sein?

< Du hattest Fragen, wir haben nicht mehr viel Zeit. Ich würde sagen, jetzt oder nie. >

Er machte eine Handbewegung die mir zeigen sollte, dass ich mich jetzt beeilen musste. Ich hatte schon viele Fragen gestellt aber es gab noch viel mehr.

< Warum haben wir nicht mehr viel Zeit?>, fragte ich deshalb.

< Ist nicht so wichtig>, antwortete er leichthin.

Er war in seine Gedanken vertieft. Was meinte er? Ich hatte also nicht mehr viel Zeit, was für eine Frage war mir am Wichtigsten?>, überlegte ich fieberhaft.

< Wer bist du? >

< Das habe ich dir doch schon gesagt! >

Er klang schroff und irgendwie entnervt.

< Ich heiße Thanos und lebe schon ewig im Buch. >

< Was machst du hier? >

Mich beschlich plötzlich eine böse Vorahnung.

< Ich weiß es selbst nicht genau. Ich glaube ich bin hier, um Menschen wir dir Schmerzen zu zufügen! >

< Ach du Scheiße! > Das war genau das, was ich vermutet hatte. Ich

hatte nur gedacht, dass er es so unverblümt sagen würde. Normalerweise würde ich jetzt wegrennen, aber ich wusste instinktiv, dass dies hier nicht viel bringen würde. Ich schluckte ein paar Mal, in der Hoffnung, dass ich den dicken Kloß, den ich nun in meinem Hals spürte, loswerden würde, aber vergeblich.

< Was wird mit mir passieren? > fragte ich. Verzweiflung und auch Resignation machten sich in mir breit.

Das war es, was ich die ganze Zeit hatte fragen wollen. Doch hatte ich furchtbare Angst vor der Antwort. Aber kein Weg führte daran vorbei, ich musste es wissen. Er machte den Mund auf und wollte mir gerade antworten, als die Tür aufging und die drei Männer wieder eintraten.

< Wir nehmen sie jetzt mit >, sagten sie mit entschlossener Stimme.

Ich wurde aus dem Raum gezerrt. Man band meine Hände mit einer Art Seil zu und führte mich durch mehrere Tunnel. Ich versuchte mir den Weg einzuprägen, aber das war unmöglich. Unterwegs hörte ich immer wieder Schreie und die Männer lachten bei jedem auf, als würde es ihnen ein großes Vergnügen bereiten. Man warf mich in eine kleine Ausbuchtung in der Wand und schloss die Tür hinter mir ab. Eine unendliche Verzweiflung und das Gefühl von vollkommener Einsamkeit machte sich in mir breit und ich begann heftig zu weinen. Ich würde sterben, dies war der einzige Gedanke, den ich denken konnte.

Warum tust du das?

Ich hatte in der Finsternis jegliches Zeitgefühl verloren. Es kam mir vor wie Tage, als endlich wieder jemand kam, um mich abzuholen. Während dieser Zeit waren immer wieder Männer zu mir gekommen, die mich Schlugen. Auf meine verzweifelten Fragen hin, warum sie dies taten, bekam ich nie eine Antwort. Irgendwann hatte ich aufgehört zu fragen: < Warum tust du das? >

Der Mann brachte mich in eine andere Zelle und sagte: < Anweisung vom Boss. > Damit war wohl Thanos gemeint, schoss es mir durch den Kopf. Er sperrte mich erneut ein und ging. Auf einmal fiel mir auf, dass ich jetzt auf jeden Fall höher an der Oberfläche sein musste. Die Luft war nicht so abgestanden, wie dort, wo ich vorher war. Es war auch heller. Irgendwie fühlte ich mich dadurch etwas erleichtert. Es waren Stunden vergangen als wieder jemand kam. Er hatte eine Kapuze auf und ich konnte sein Gesicht nicht erkennen. Bei näherem Hinsehen, sah ich, dass er Kleidung bei sich hatte. Als er sich zu mir umdrehte sah ich Thanos. Warum war er hier? Wollte er mich schlagen, wie die anderen? Und warum hatte er Kleidung bei sich?

Thanos wandte sich von mir ab und zog einen Schlüssel aus der Tasche. Er schloss die Tür auf. Da bog noch jemand um die Ecke und richtete seinen Blick auf uns beide. Ein unheimliches Lächeln zog sich über das Gesicht des Mannes. Dieses Gesicht kannte ich: dies war einer der Männer, die mich in der Zelle aufgesucht hatten. So ein schreckliches Lächeln konnte man nicht vergessen!

Er klopfte Thanos auf die Schulter und sagte mit einem unheilvollen Unterton in der Stimme:

< Viel Spaß! >

Lachend zog er ab. Thanos schaute ihm hinterher, bis der Mann um die nächste Ecke verschwunden war. Dann wandte er sich wieder an mich. Er warf mir den Beutel mit Kleidung vor die Füße und sagte:

< Zieh den Mantel über. Mach schnell. >

Warum sollte ich das tun? Wo wollte er mit mir hin? Aber vielleicht war dies ja eine Möglichkeit hier heraus zu kommen. Ich schnappte mir die Sachen. Als ich den schwarzen Ledermantel herauszog, fiel mir auf, dass da noch ein Ganzkörperanzug aus schwarzem Leder war. So schnell ich konnte, zog ich den Mantel über. Mich durchzuckte eine plötzliche Hoffnung. Ich hatte vielleicht doch eine geringe Chance hier heraus zu kommen! Als ich den Mantel an hatte, zerrte Thanos mich hinaus und rannte mit mir im Schlepptau in die Richtung, in die der andere Mann eben verschwunden war. Bei jeder Ecke machten wir Halt und er spähte um die Ecke. Ich wusste nicht, wo es hinging, aber ich hatte das Gefühl, dass wir langsam immer höher stiegen. Als wir wieder an eine Ecke kamen und Thanos stehen blieb um zu schauen, ob in dem nächsten Gang jemand war, hörte ich Stimmen. Die eine erkannte ich sofort: es war der Mann, der Thanos vorhin, als ich noch in der Zelle war, auf die Schulter geklopft hatte. Aber da war noch eine andere männliche Stimme. Wer war das? Was sollten wir tun? Thanos machte mir ein Zeichen, dass ich mich nicht von der Stelle rühren sollte. Vorsichtig schlich er um die Ecke. Ich hörte die überraschte Stimme von dem Mann, der Thanos auf die Schulter geklopft hatte.

Er sagte: < Thanos, du hier? >

Thanos: < Ja, Kain! >

Kain: < Ich dachte du bist bei der Kleinen. >

Thanos: < Da war ich auch. >

Kain: < Ach so, wolltest du deinen Vater sprechen? >

Thanos: < Ja wollte ich, aber ich habe ihn wohl verscheucht. >

Kain: < Ja, aber ich kann ihn für dich rufen, wenn du möchtest? >

Thanos: < Nein das mach ich später. Ich glaube jetzt hat er etwas Wichtigeres zu tun.>

Kain: < Ja, etwas Wichtiges das stimmt, ich müsste dann jetzt auch los. >

Thanos bog um die Ecke und machte mir ein Zeichen, dass ich ihm jetzt folgen könne. Wir eilten auch diesen Gang entlang. Wir bogen noch ein paar Mal um Ecken und liefen Gänge entlang, krochen durch Öffnungen und schlüpften durch Türen, bis wir endlich aus diesen schrecklichen Tunneln heraus kamen. Es war fast dunkel draußen. Ich genoss die klare Luft. Die erste Frage, die mir in den Sinn kam war: Warum hatte Thanos das getan?

Die Flucht

Wer war Thanos Vater? Und was wollte Kain von ihm? Thanos und ich hatten uns einen Platz gesucht wo ich mich sicher etwas ausruhen konnte. Aber jetzt war ich hellwach es dämmerte gerade und zum ersten Mal, wie es mir vorkam, nach Wochen, blickte ich in den klaren dämmrigen Himmel. Noch eher ich eine Frage stellen konnte, begann Thanos zu sprechen:

< Wir müssen hier weg, sie werden gleich merken, dass du nicht mehr da bist. Also zieh dich schnell um. Da ist noch ein Anzug, den ich dir mitgebracht habe.>

< Wie sollen wir hier schnell genug weg kommen? >, fragte ich.

< Ich kenne hier in der Nähe einen Weideplatz für Pferde. Wir nehmen uns zwei. Du kannst doch reiten?>

< Ja klar >, log ich.

Ich konnte nicht reiten. Nur einmal in meinem Leben hatte ich auf einem Pferd gesessen. Ich konnte nicht einmal mehr mit Bestimmtheit sagen, ob es ein echtes oder nur ein Spielpferd war.

Schnell verzog ich mich hinter ein paar Büsche, um mich umzuziehen.

Ich schaute an mir herunter. Ich war mit mir zufrieden. Ich sah gut aus, in dem schwarzen Lederoutfit und meinen langen roten Haaren, die offen über meinen Schultern hingen. Als ich aus meinem Versteck kam, wartete Thanos schon auf mich mit Essen. Er hatte verschiedene Kräuter Beeren gesammelt, die wir aßen. Es schmeckte komisch, aber es war sättigend. Wir machten uns auf den Weg zu den Pferden. Unterwegs trafen wir niemanden. Vorsichtshalber liefen wir nicht auf dem engen Weg entlang, der sich an einem Berg entlang schlängelte, sondern wir schlugen uns wortwörtlich durchs Unterholz. Nach ungefähr dreißig Minuten kamen wir endlich zur Weide der Pferde. Ich wollte schon auf die Weide rennen, da hielt mich Thanos zurück. Er zeigte auf einen Mann, der am Rande der Weide stand und alles genau beobachtete. Thanos zerrte mich zurück in den Wald. Er sagte:

< Wir müssen uns überlegen, wie wir zwei Pferde von ihm stehlen können. >

< Warum kannst du ihn nicht einfach um zwei Pferde bitten, indem du ihm unsere Situation erklärst >, fragte ich Thanos.

Thanos schaute mich fast mitleidig an: < Glaubst du, nachdem ich dich aus den Tunneln befreit habe, hat niemand allen in Buch Bescheid gesagt, dass ich auf deiner Seite bin? >

< Ich schätze mal, das heißt nein >, antwortete ich. < Was sollen wir also tun? >

Mir fiel auf, dass er von meinen Fragen wirklich genervt zu sein schien. Ich überlegte laut:

< Ich schätze uns bleibt nichts anderes übrig, als dass der eine den Mann ablenkt, während der andere die Pferde holt. >

Doch Thanos machte alles zu Nichte.

< Nein, das ist keine gute Idee. >

< Dann schlag du doch was vor. >

< Wir locken zwei Pferde an und führen sie in den Wald. >

< Mit was willst du sie denn anlocken? >, entfuhr es mir ungeduldiger als ich eigentlich wollte.

< Keine Ahnung >, sagte Thanos resigniert.

Plötzlich hörte ich ein Geräusch.

< Was war das? >

Thanos hielt mich am Arm fest:

< Sscchhtt! >

Er ging in Richtung Weide und winkte mich panisch zu sich. Ich schlich zu ihm und sah es nun auch: Wir erblickten zwei weitere Männer, die aufgebracht mit dem Pferdebesitzer sprachen. Der Eine deutete auf das Waldstück, in dem wir uns versteckten. Thanos zerrte mich wieder zurück in den Wald.

< Hör zu, es muss jetzt alles ganz schnell gehen. Wir schnappen uns beide jeweils ein Pferd und verschwinden, so schnell es geht. > Ich nickte:

< Wann geht`s los? >

< Jetzt, los! >

Er rannte los und ich rannte so schnell ich konnte hinter ihm her. Wir schnappten uns die ersten Pferde, die wir erreichten. Thanos ein weißes und ich ein schwarzes. Er schwang sich auf sein Pferd und galoppierte zu mir, denn er hatte bemerkt, welche Schwierigkeiten ich hatte, auf mein Pferd zu kommen. Schon rannten die drei Männer mit gezückten Messern auf uns zu. In letzter Sekunde saß ich endlich auf dem Pferd und wir galoppierten los.

Die Karte

Noch eine Weile hörte ich die wütenden Rufe hinter uns, aber schon bald erstarben diese und wir ritten nun durch die einbrechende Nacht. Das Reiten fiel mir ungewöhnlich leicht und es erzeugte in mir ein befreiendes Gefühl. Es wurde schon Dunkel als wir endlich stehen blieben. Wir stiegen von unseren Pferden. Das erste Mal nach Stunden, so kam es mir vor.

< Werden sie uns hier finden? >, fragte ich ängstlich.

< Irgendwann schon >, war die wenig beruhigende Antwort von Thanos.

Wieder machte sich Ratlosigkeit und Verzweiflung in mir breit. Was sollten wir jetzt tun? <Ich werde nie wieder nach Hause kommen>, schoss es mir durch den Kopf und diese Erkenntnis traf mich mit einem Schlag: Ich würde für immer auf der Flucht sein.

< Was machen wir jetzt? >, fragte ich und versuchte mutig zu klingen.

< Die Pferde und auch wir müssen sich ausruhen. Wir müssen ein Lager aufschlagen. >

< Hast du noch den Beutel, den ich dir vorhin mit der Kleidung gegeben habe? > Ich reichte ihm den Beutel. Er entnahm diesen zwei Decken, von denen er mir eine gab.

< Leg dich ein bisschen hin. Morgen früh müssen wir zeitig los. >

< Wohin? >, fragte ich.

< Ich kann dich hier raus bringen. > Er sah mein ratloses Gesicht.

< Bevor du etwas sagst, warte bitte, ich erkläre es dir. Ich will schon seit Jahren hier weg und es war mir schon immer klar, dass es ein Schlupfloch gibt. Ich habe auch eines gefunden. Ich sammle schon sehr lange Teile von einer Karte. Die Teile sind überall verstreut. Wenn man eines hat gefunden hat, erhält man einen Tipp, wo sich das nächste Stück befinden könnte. Ich habe jetzt schon drei Teile

gefunden. Wenn man die ganze Karte zusammen gefügt hat, kommt man zu einem Haus. Durch dieses Haus gibt es eine Möglichkeit aus dem Buch heraus zu kommen. Man muss nur das letzte Stück Karte finden >, endete er seine Ausführungen.

< Das heißt, ich komme hier wieder weg und du hilfst mir? > Er nickte: < Ja, du kommst hier wieder raus und ich werde dir dabei helfen. >

Die Nacht und der Wald schienen plötzlich nicht mehr bedrohlich zu sein, sondern ruhig und friedlich.

Ich komme wieder nach Hause! Ich komme wieder nach Hause!

Mit diesen beruhigenden Gedanken schlief ich schnell ein.

Das Rätsel

Ich wachte durch ein merkwürdiges Geräusch auf. Es waren Vögel, die von dem Baum herunter flogen, unter dem ich schlief. Thanos war schon wach. Als er mich sah, kam er zu mir. Er reichte mir wieder Kräuter zum Essen. Dieses Mal schmeckten sie süß. Was waren das für Kräuter? Auf meine Frage hin antwortete er, es sei so etwas wie Zuckerrohr in unserer Welt. Die gestrigen Kräuter seien Minze und Lorbeer gewesen.

Thanos mahnte mich zur Eile. Er ließ mir kaum Zeit zum Essen und wir ritten schon los.

< Wohin reiten wir? >, fragte ich nach einer Weile.

< Ich weiß es nicht, wir müssen auf jeden Fall hier weg, sonst finden sie uns noch. Wir reiten einfach los, wir müssen immer in Bewegung bleiben, damit uns niemand folgen kann. >

Unterwegs fragte ich Thanos nach dem letzten Stück Karte und dem darin enthaltenen Tipp.

< Es ist sehr schwierig, ich weiß nicht, ob du damit etwas anfangen kannst >, sagte er.

Mühsam kramte er in seiner Tasche und zog ein zerrissenes Stück Papier heraus und las vor:

< Ich bin dort wo du nicht bist, dort wo die Sonne nie hin trifft, es sind nicht die Tunnel sag´ ich dir gleich. Suche mich. >

Ratlos blickte ich ihn an. Er hatte Recht behalten, ich konnte tatsächlich nichts damit anfangen. < Hast du irgendeine Idee, wo das nächste Stück sein könnte? >, fragte ich deshalb.

< Ja. Die habe ich tatsächlich. Ich hatte nur bisher keine Chance dorthin zu gehen. Ich denke, dass der Ort, wo wir hin müssen ein paar Tagesreisen von hier entfernt liegt. >

Er nestelte etwas aus seiner Tasche, das eine merkwürdige

Ähnlichkeit mit einem Kompass hatte, aber dennoch ganz anders aussah.

< Was ist das? >, fragte ich und deutete auf das komische Gerät.

< Das ist ein Kompass. >

< Der sieht ja ganz anders aus als bei uns.>

< Warum nicht? Wir sind ja schließlich in einem Buch >, antwortete er leicht irritiert auf meine Bemerkung.

Inzwischen ritten wir schon seit einiger Zeit nebeneinander her. Nichts Besonderes hatte sich ereignet. Ich wusste nicht, in welche Richtung es ging, weil ich den Kompass nicht lesen konnte. Was ich aber wusste war, dass wir uns ein Lager bauen mussten, denn es wurde jetzt schon, erstaunlicher Weise, langsam dunkel.

< Thanos, wir sind vielleicht drei Stunden unterwegs. Warum geht die Sonne jetzt schon unter? >, fragte ich.

< Es wird im Buch Winter. Im Winter geht die Sonne nur für drei Stunden auf. Im Sommer nur für vier Stunden. >

< Dann habt ihr ja richtig wenig Sonne an einem Tag. >

< Ja, aber das hat einen besonderen Grund: es gibt hier Kreaturen, die keine Sonne vertragen. Diese Kreaturen sind auch verdammt gefährlich. Sie sehen die Tiere und Menschen nur, wenn diese wach sind. Also müssen wir uns langsam ein Nachtlager aufbauen. >

Ich bekam Angst. Kreaturen die angriffen, wenn man wach war. Gott sei Dank, kamen sie nur heraus wen es dunkel war. Aber blitzschnell schoss mir eine Frage durch den Kopf:

< Wo sind die Kreaturen wenn es hell ist? >

< Sie verkriechen sich in einem Schutzkreis. Zu diesem reisen wir. Hier ist es immer dunkel >, antwortete Thanos mir.

Inzwischen waren wir dabei, unser Lager aufzubauen. Aber sein letzter Satz ließ mich stocken. Wenn wir in den Schutzkreis der

Kreaturen reisten, setzten wir uns großer Gefahr aus. Als ich meine Bedenken Thanos gegenüber äußerte, sagte dieser:

< Wir haben keine andere Wahl. Außer, du willst für immer hier in diesem Buch bleiben. >

Das wollte ich auf keinen Fall. Die paar Wochen, die ich vermutlich schon hier verbracht hatte, waren schon zu viel des Guten.

< Wie lange bin ich schon hier? >, fragte ich.

< Ich weiß nicht genau, vielleicht zwei Wochen. >

< Und du hättest mich nicht früher befreien können. Weiß du eigentlich wie ich gelitten habe? >, sagte ich ihm vorwurfsvoll.

Thanos schaute mich nicht an und schwieg. Wir hatten beide unser Lager aufgebaut. Ich hatte mich schon hingelegt, als Thanos flüsterte:

< Es tut mir leid, dass du so leiden musstest. >

Ich antwortete nicht, aber in seinem Ton, als er mir zugeflüstert hatte, lag etwas, dass es machte, dass ich ihm verzieh. Mit gemischten Gefühlen schlief ich ein.

Der Weg zu den Kreaturen

Ich wachte schweißgebadet auf. Ich hatte einen Albtraum. Ich konnte mich nicht mehr an den Albtraum erinnern. Doch das, was ich hörte, wie nach jedem Albtraum, war fast noch schlimmer: die schreckliche Stimme, die immer wieder das gleiche rief:

< Komm zu mir! >

< Komm zu mir! >

In jedem meiner Träume war diese Stimme. Thanos schlief noch, was mich erstaunte, denn sonst war er immer vor mir wach. Die Sonne war bereits aufgegangen, was bedeutete, dass die Kreaturen wieder in ihrem Schutzkreis waren. Diese Vorstellung beruhigte mich. Die beiden Pferde grasten friedlich in einigem Abstand. Um mich abzulenken, ging ich zu ihnen. Sie fraßen dieselben Kräuter, die auch Thanos und ich aßen. Ich pflückte ein paar. Sie schmeckten nach Schnittlauch. Als Thanos aufwachte brachte ich ihm ein paar der Kräuter. Er aß sie nicht, sondern steckte sie in seine Satteltasche, als wir auf unsere Pferde stiegen. Wir ritten schon über eine Stunde und hatten noch kein einziges Wort gewechselt, als wir an einen sehr hohen Berg kamen.

Thanos zeigte nach oben und sagte: < Da müssen wir hinauf. Dort oben befindet sich der Schutzkreis der Kreaturen. >

Ich entgegnete nichts, sondern nickte nur. Wir Ritten einen schmalen Pfad entlang. Je höher wir kamen, desto dunkler wurde es. Langsam ging die Sonne unter, als wir kurz vor dem Schutzkreis stehen blieben.

Während Thanos wieder Kräuter sammelte, schlug ich unser Lager auf. Schnell und hungrig aßen wir. Die Kräuter hatten eine seltsam einschläfernde Wirkung. Noch eher ich es mich versah, war ich tief und fest eingeschlafen, gerade noch rechtzeitig, denn die Sonne war schon untergegangen und die Kreaturen kamen.

Der Schutzkreis

Obwohl ich nicht müde gewesen war, schlief ich, dank der Schlafkräuter tief und fest, bis die Sonne am anderen Tag wieder aufgegangen war. Woher kannte sich Thanos so gut mit den Kräutern aus? Ich blieb liegen, denn mein Bein schmerzte wieder. Jetzt war da, wo vorher Blut gewesen war, ein riesiger blauer Fleck, der sich langsam lila färbte. Ich richtete mich vorsichtig auf. Jetzt sah ich, wo Thanos lag. Er war unglücklich gefallen, nachdem er die Kräuter genommen hatte. Er lag auf einer Wurzel sein Kopf blutete. Erschreckt rannte ich zu ihm und schüttelte ihn. Er musste versorgt werden und zwar sofort. Es dauerte eine Weile bis er sich wach rütteln ließ. Langsam richtete er sich auf.

< Verdammt! >

Er fasste sich an den Kopf.

< Was soll ich machen, ich weiß nicht was ich tun soll. >

Ich war in Panik, was war, wenn er sich ernsthaft verletzt hatte, was sollte ich denn tun? Ich war doch kein Arzt. Aber Thanos hatte offensichtlich meine Panik erkannt, denn er sagte:

< Bleib ganz ruhig, es ist nur eine Schramme, Loren. >

< Nur eine Schramme? Aber du blutest. >

< Bring mir meine Satteltasche >, sagte Thanos schnell.

Ich sprang auf und lief zu seiner Satteltasche. Schnell gab ich sie ihm. Thanos blickte mich an:

< Du zitterst ja >. Er kramte in seiner Tasche und holte eine Paste heraus.

< Was ist das? >, fragte ich.

Ich versuchte ruhig zu sprechen, aber die Angst lag in meiner Stimme.

< Das ist eine Salbei-Pfeffer-Paste, eine Heilsalbe. >

Er schmierte etwas auf die Wunde. Sofort schloss sie sich. Was war gerade passiert?

< Wie, wie konnte das so schnell heilen? >, fragte ich.

< Das liegt an den Kräutern >, erklärte er mir.

So langsam wunderte mich nichts mehr. In diesem Buch schien alles möglich zu sein. In der realen Welt wäre es eines meiner Lieblingsbücher.

< Die Bewohner hier haben über die Jahre ein Bewusstsein für Kräuter entwickelt. Wir wissen welche Kräuter was bewirken. >

Die Zeit drängte. Thanos erinnerte mich daran, dass wir dringend einen Plan fassen mussten, das nächste Stück der Karte zu finden.

< Wie sollen wir nur vorgehen, hast du eine Ahnung, wo genau das nächste Stück der Karte sein könnte? >

< Sehe ich so aus? >, antwortete er entnervt.

< Wie siehst du denn aus, wenn du es weißt? >, schoss ich zurück.

Er verdrehte die Augen und kehrte wieder zum eigentlichen Grund der Unterhaltung zurück.

< Also, Ich habe eine Vermutung, wo das Stück der Karte sein könnte. Ich glaube wir müssen in den Schutzkreis hinein. Dort müsste, laut Rätsel, das Stück der Karte sein. >

< Was! Wir müssen da rein? >, ich konnte nicht glauben, was ich da hörte.

Ich deutete ungläubig auf den Schutzkreis.

< Ja, vermutlich. >

Wieder bildete sich ein Kloß in meinem Hals.

< Wir müssen da wirklich rein oder? >, fragte ich, immer noch

hoffend, ich hätte mich getäuscht.

< Ja, hast du Angst? >

Ich schluckte, aber es nützte nichts, der Kloß in meinem Hals blieb. Natürlich hatte ich Angst, aber das würde ich ihm nicht sagen.

< Es gibt Gerüchte, dass um den Schutzkreis herum etwas versteckt ist, was einem gegen die Kreaturen hilft.>

< Was ist es? >

< Ich weiß es nicht. >

< Und du weißt auch nicht wo es ist? >

< Ja. >

< Das ist ja super >, ich war völlig niedergeschlagen.

< Entweder ist es ein Gegenstand der Licht hervorruft oder ein Gegenstand, der eine Schlaf erzeugt. Es gibt viele Legenden und in den Legenden steht auch vieles über ein Schwert und einen Trank. Wir sollten die beiden Dinge suchen. >

Ich konnte nicht antworten. Thanos war schon auf dem Weg um den Hügel, um nach den beiden Dingen Ausschau zu halten. Ich ging in die andere Richtung. Während dessen dachte ich an zu Hause. Was wohl zu Hause los ist? Ob sie mich suchen? Nein, das bezweifele ich. Die sind bestimmt froh, dass sie mich los sind. Ich streifte durch Büsche und kam schließlich an einen Fluss. Es sah so aus, als ob ich hier hindurch musste, um weiter zu gehen. Also wartete ich entschlossen durch den Fluss. Das Wasser war eiskalt. Als ich am anderen Ufer ankam, sah ich es: ein Stück weiter vor mir blitzte etwas Goldenes auf dem Boden auf: das Schwert. Ich konnte mein Glück kaum fassen, als ich es hochhob. Es war ein wunderschönes Schwert, ganz in Gold, besetzt mit blauen und weißen Kristallen. Ich hatte das Schwert gefunden! Nun war ich entschlossen auch den Trank zu finden! Ich war nicht lange gegangen, als ich in einiger Entfernung Thanos sah, der mit einem glücklichen Gesichtsausdruck etwas in der Hand haltend auf mich zukam. Es war der gesuchte

Trank.

< Wo war das Schwert? >

< Wo war der Trank? > Wir mussten beide lachen, denn wir hatten diese Fragen fast gleichzeitig gestellt. Gegenseitig berichteten wir uns über unsere Funde.

< Ungefähr zwanzig Meter von hier steht ein sehr großer Baum unter dessen Wurzeln war der Trank versteckt. Es war nicht schwer, ihn zu finden >, berichtete mir Thanos. Ich zeigte ihm die Stelle, wo ich das Schwert gefunden hatte.

Er nickte. < Also im Fluss, interessant. Lass uns zurückgehen.>

< Was meinst du mit interessant? > fragte ich, doch Thanos antwortete mir nicht. Da sprudelte es aus mir heraus: < Ja, wir können zurückgehen, aber wenn du etwas sagen willst dann antworte mir bitte und rede bitte nicht drum herum. >

Anstatt etwas zu antworten ging er mir voraus. Langsam wurde ich wütend. Er kam offenbar nicht mit meiner Direktheit zurecht. Schließlich blieb er stehen und sah mich an:

< Welcher Gegenstand bewirkt wohl was? Denk einmal nach?>

Seine Arroganz machte mich wütend:

< Jetzt halt mal du die Luft an, du musst dich hier nicht so aufspielen. Hast du das verstanden? Ich weiß nicht, ob es das in deiner Welt gibt, aber ich gehe in meiner Welt in die Schule, zwar nur in die Sonntagsschule, aber besser als nichts. Ich kann Schreiben und Lesen, sonst wäre ich ja wohl kaum hier. Also höre auf mich so, wie einen völlig ungebildeten Trottel zu behandeln und höre auf, so arrogant zu sein! >

Diese Rede hatte mich so viel Puste gekostet, dass ich erst einmal hörbar einatmen musste. Aber ich fühlte mich um Einiges besser! Ich konnte seinen Gesichtsausdruck nicht deuten, was mich plötzlich verunsicherte. Ohne auf meinen Wortschwall zu reagieren sprach Thanos unbeeindruckt weiter.

< Das Schwert leuchtet im Dunkeln und der Trank ruft sofortigen Schlaf hervor. >

< Gut zu wissen. Was davon soll ich benutzen? >, fragte ich immer noch angriffslustig.

< Ich will dich nicht angreifen, aber nach den Legenden wirst du nichts davon benutzen können >, sagte er ruhig.

< Es würde mich nicht beindrucken, wenn ich es nicht benutzen könnte, weil ich eine Frau bin, antwortete ich immer noch streitlustig. Aber schon im selben Moment musste ich selbst über meine Äußerung schmunzeln.

Thanos ließ sich nicht aus der Ruhe bringen: < Nein so ist das nicht. Die Legenden sagen, dass nur ursprüngliche Bewohner des Buches die Gegenstände nutzen können. >

Er schien erleichtert zu sein, dass ich nicht in den Schutzkreis mit konnte. Doch ich sprach ihn nicht darauf an. Eine kurze Pause entstand, weil ich seine Erleichterung deuten konnte und es mir gefiel, dass er sich Sorgen um mich machte. Nach einem kurzen Räuspern sprach er weiter:

< Also, du verstehst sicher, dass ich da allein hinein muss. >

Plötzlich war ich beunruhigt. Jetzt machte ich mir auch Sorgen um ihn. Was, wenn ihm etwas passierte und ich ihm nicht helfen konnte? Doch im gleichen Moment verbannte ich diese Gedanken wieder aus meinem Kopf und ich dachte daran, warum wir das Ganze überhaupt auf uns nahmen: ich wollte wieder nach Hause. Das war jetzt das Wichtigste.

< Ich gehe heute Nacht rein >, verkündete mir Thanos.

Ich musste schlucken. Hoffentlich erriet er nicht meine Gedanken, meine Sorgen um ihn!

< Was soll ich machen, während du weg bist? >

< Schlafen. Du musst ausgeruht sein, wer weiß, was noch auf uns

zukommt! > Stirnrunzelnd betrachtete er mich. < Du siehst jetzt schon sehr müde aus! >

< Ich soll dich dein Leben für mich riskieren lassen und ich soll in der Zwischenzeit einfach schlafen? Das tue ich bestimmt nicht. > Ich war völlig aufgebracht.

< Aber dann bist du geschützt, denke daran und es passiert dir nichts. > Und leise fügte er hinzu: < ich möchte nicht, dass dir etwas passiert! >

Als ihm bewusst wurde, was er gerade gesagt hatte, schluckte er. Ich war völlig perplex: er hatte tatsächlich Gefühle für mich! Aber ich musste wieder nach Hause, ich konnte nicht hierbleiben, deshalb durfte ich keine Gefühle für ihn haben. Ich durfte und wollte nicht! Er weiß, dass ich hier nicht bleiben kann und trotzdem hatte er das gesagt. Warum? Warum hatte er das gesagt?

< Die Kreaturen sind ja auch draußen, wenn du nachts reingehst, dann wäre doch keine mehr in dem Schutzkreis. Dann könnte ich doch mit? >, fragte ich hoffnungsvoll. Offensichtlich verwirrt, dass ich überhaupt nicht auf seine Äußerung einging, blieb er bei seiner Meinung:

< Ich weiß nicht, ob sie alle weg sind. Es kann sein, dass ein paar noch dort sind und ihre Nester bewachen, also nein, du kannst in keinem Fall mitkommen. >

< Dann bleib ich eben hier >, antwortete ich trotzig.

Thanos wirkte plötzlich ein wenig gekränkt, wegen meiner offensichtlich trotzigen und auch arroganten Art. Besser dachte ich, dann bin ich ihn so gut wie los!

Zurück in unserem Lager, brach schon die Dunkelheit herein. Schnell aßen wir noch ein paar Kräuter, die eine stärkende Wirkung hatten. Thanos nahm den Trank und mir gab er Schlafkräuter. Diese nahm ich, als er sich gerade auf den Weg zum Schutzkreis machte. Ich fiel in einen tiefen Schlaf.

Dritter Teil: Thanos

Aus der Perspektive von Thanos

Der Schutzkreis - *Fortsetzung*

Ich atmete ein und aus. Noch ein Schritt trennte mich von dem Inneren des Schutzkreises. Ich schaute zu Loren. Wieder fiel mir auf, wie hübsch sie war. Ihre roten Haare reflektierten das Mondlicht. Gott sei Dank wusste sie nicht, dass ich sie, um sie zu schützen, auf viele Weise angelogen hatte. Ich schritt in den Schutzkreis, das Schwert fest in meiner Hand. Erst war es stockdunkel, doch dann begann mein Schwert zu leuchten. Ich hatte recht, als ich Loren gesagt hatte, einige würden den Schutzkreis vermutlich nicht verlassen: ich war hier nicht allein. Ungefähr 10 Paar gelbgrüne Augen starten mich an, riesige Augen. Ich hoffte, dass der Trank gewirkt hatte. Sie rührten sich nicht, sondern starten nur das Licht an. Diese Tatsache ließ mich hoffen, dass sie mich nicht sahen. Wo konnte das Stück der Karte sein? Fieberhaft begann ich zu überlegen. Vielleicht in den Nestern? Ich schritt auf das nächste Paar Augen zu. Diese Kreatur bewachte kein Nest, sie saß auf einem Zweig. Als ich ihr näher kam, kreischte sie laut auf, es war ohrenbetäubend, ein greller gellender Schrei, der mir in den Ohren schmerzte. Ich schritt zum nächsten Paar Augen, dieses Mal wahrte ich einen Sicherheitsabstand. Wieder saß die Kreatur auf einem Zweig. Ich kontrollierte noch neun weitere Kreaturen alle saßen auf Zweigen. Jäh fuhr es mir durch den Kopf: Ich hatte doch 10 Paar Augen gezählt, wo war das letzte Paar? Ich blickte mich um. Lief weiter in den Schutzkreis hinein. Dann plötzlich entdeckte ich das letzte Paar Augen. Ich hatte das Nest der Königin der Kreaturen gefunden. Sie war um einiges größer als die anderen. Als ich sie mir genauer anschaute, bemerkte ich an ihrem linken Bein das Stück der Karte angebunden. Das war mal wieder typisch für meinen Vater, dachte ich. Ein guter Plan wäre jetzt nicht schlecht. Ich war auf alles vorbereitet, nur nicht auf das. Wie sollte ich ans Bein dieser Kreatur kommen. Jetzt war ich ja noch im sicheren Abstand, aber das konnte nicht so bleiben. Ich wusste nur eines: ich musste an das Stück der Karte kommen und zwar möglichst bevor der Trank nachließ, sonst bin ich so gut wie tot oder die Sonne geht vorher unter und die anderen Kreaturen kommen zurück, auch dann bin ich so gut wie tot.

Plötzlich durchfuhr mich ein Gedanke: War es mir überhaupt möglich zu sterben? Im selben Augenblick wusste ich, dass ich dies nicht ausprobieren wollte. Ein Plan musste her: Ich würde mich vorsichtig anschleichen, das Stück der Karte abreißen und dann so schnell wie möglich wieder herausrennen. Ich schlich mich an sie heran und bemerkte erst jetzt, dass das Leuchten des Schwertes ihre Aufmerksamkeit erregte. Ich wich wieder zurück. Einfacher wäre es, das Schwert hier liegen zu lassen und sich der Kreatur unbewaffnet zu nähern. Falls dann mein Trank nachlasen sollte, bin ich nicht so gut wie tot, sondern richtig tot. Aber ein Versuch war es wert. Ich ließ mein Schwert langsam und vorsichtig auf den Boden gleiten. Dieses Geräusch erregte wiederum ihre Aufmerksamkeit. Ich ging ein paar Schritte vom Schwert weg, um zu testen, ob ihr Blick mir folgte, stellte aber fest, dass dem nicht so war. Ihr Blick blieb auf das Schwert gerichtet. Ich machte ein paar Schritte auf sie zu, nun stand ich direkt vor der Kreatur sie war groß und braun gefiedert. Ich streckte meine Hand aus und griff vorsichtig nach der Karte. Keine Reaktion. Vorsichtig löste ich den Knoten, doch als ich hochschaute, um mich zu vergewissern, ob sie immer noch das Schwert anschaute, waren ihre großen grünen Augen auf die Karte gerichtet und - ich sah es mit Schrecken - auch auf meine Hand. Ganz langsam zog ich das Stück Karte heraus. Die Kreatur folgte aufmerksam dieser Bewegung. Was sollte ich tun? Weiterhin so langsam oder schnell mit einem Ruck? Ich entschied mich für die schnelle Variante, da beide auf das gleiche hinaus liefen: RENNEN. Ich zog an der Karte und rannte, hinter mir hörte ich Flügel schlagen und ein ohrenbetäubender Schrei folgte. Ich rannte weiter und wurde plötzlich zu Boden geworfen. Mit einem Schlag wurde mir bewusst, dass die Wirkung des Trankes nun nachließ. Ich schrie auf, denn riesige Krallen hatten sich in meinen Rücken geschlagen. Als mich etwas am Kopf traf, wurde mir schwarz vor Augen.

Vierter Teil: Loren

Der Schutzkreis - *Fortsetzung*

Ich wurde langsam wieder wach.

< Ich hoffe für dich… >, hörte ich mich sagen. Doch plötzlich verstummte ich, denn ich sah, dass Thanos nicht mehr da war.

< Thanos, Thanos, wo bist du, Thanos? >, rief ich in die beginnende Dämmerung.

Verzweifelt suchte ich die ganze Umgebung ab, doch vergeblich. Er war nirgends zu finden. Wenn ihm etwas zugestoßen wäre, so fuhr es mir durch den Kopf, würde ich mir das niemals verzeihen. Mein Blick fiel auf den Schutzkreis. Er musste noch dort sein. Ich blickte nach oben. Die Sonne war soeben aufgegangen. Die Kreaturen waren also alle wieder da. Ich konnte ihn nicht dort lassen. Ohne weiter zu überlegen, lief ich direkt in den Schutzkreis. Krächzen und Vogelgeschrei war das erste, was ich hörte und ich nahm einen merkwürdigen Geruch wahr. Zunächst war nichts zu sehen. Doch plötzlich leuchtete etwas, direkt bei mir. Ich blickte an mir herunter und dann sah ich, was die Ursache des Leuchtens war: Es war mein Armband, das leuchtete, das Einzige, was ich noch von meinen Eltern hatte. Ein wunderschönes Armband, mit Lederband zum Verschließen, vier schwarzen Perlen, zwei schwarzen Lederbändern übereinander, vier goldenen Ringen und darunter einer silbernen Mondsichel. Dieses Band trug ich jeden Tag, denn es erinnerte mich an meine Eltern. Ich wusste nicht, wo sie waren, aber das Armband schaffte irgendwie ein Gefühl der Nähe zu ihnen. Es machte, dass ich mich besser fühlte. Doch jetzt leuchtete es plötzlich. Warum? Es hatte noch nie geleuchtet. Bei genauerem Hinsehen, leuchtete nicht alles, sondern nur der Halbmond. Ich blickte mich um. Nichts zu sehen. Wo war er und wo waren sie, die Kreaturen? Ich hörte ein Stöhnen und rannte darauf zu. Plötzlich sah ich sie: Riesengroß und auf eine beängstigende Weise wunderschön. Grüne Augen starrten mich auf eine merkwürdige Weise an und irgendwie durch mich hindurch. < Sahen sie mich nicht? >, fragte ich mich. Ich hörte wieder ein Stöhnen und dann sah ich Thanos unter ihnen liegen. Ein Riesenflügel lag auf ihm. Ich schaute mein Armband an und rannte los. Ich wusste nun, warum sie mich nicht sahen, es war das Licht in meinem Armband gewesen. Bei ihm angekommen überlegte ich, wie ich den Flügel von ihm herunter bekommen konnte, ohne dass sie mich bemerkten. Sie hassen Sonnenlicht und ich habe ein Armband das Sonnenlicht absondert. Wenn ich nun nahe genug an den Flügel mit meinem Arm ranginge, dann war der Flügel im Sonnenlicht. Ich streckte meinen Arm aus und berührte fast den Flügel der Kreatur. Als die Sonne den Flügel streifte, flog die Kreatur mit einem Schrei auf. Ich zog Thanos heraus. Er war offensichtlich ohnmächtig. Ich schüttelte ihn und schlug ihm dann ins Gesicht, damit er zu sich kam. Langsam öffnete er die Augen.

< Schnell, wir müssen hier weg, stütze dich auf mich! >, sagte ich hastig.

Gemeinsam humpelten wir aus dem Schutzkreis heraus. Wir hatten es geschafft!

Wir waren draußen, draußen!

< Es ist alles gut, du bist draußen >, sagte ich. Thanos schaute mich verwirrt und ungläubig an, als hätte er einen Geist gesehen. Dann kippte er wieder um. Erst jetzt nahm ich die tiefe klaffende Wunde an seinem Rücken wahr. Ich zog ihn mit letzter Kraft zum Lager und hastete zu seiner Satteltasche. < Die Creme, wo war sie? >, dachte ich. Tief unten fand ich sie und zog sie heraus. Vorsichtig zog ihm seinen Ledermantel aus. Darunter kam ein weißes Hemd zum Vorschein. Es war nicht so ein Hemd wie ich es von Zuhause kannte, sondern eines wie es in den Mittelalter-Büchern beschrieben ist. Ich öffnete den Faden, der das Hemd zusammenhielt und streifte es ab. Ich streichelte über ein Tattoo das zum Vorschein kam. Plötzlich zuckte ich zusammen, als ich das Motiv der Tätowierung, erkannte: es sah aus wie mein Armband, nur das der Halbmond in die andere Richtung zeigte. Thanos öffnete die Augen und nahm wahr, wie ich über das Tattoo strich.

< Was machst du da? >, fragte er schwach.

Immer noch meine Hand auf seiner Tätowierung, fragte ich:

< Was ist das? >

< Nichts. >

Jetzt sah ich noch etwas: an seinem Gürtel war das Armband, dass er als Tattoo hatte, befestigt. Ich zog es ab und hielt es neben meines.

< Und wie willst das erklären? >, fragte ich ihn. Er erklärte mir, er habe dieses Armband lediglich gefunden. Doch irgendwie glaubte ich ihm nicht. Trotzdem beschloss ich ihm zu vertrauen. Er fasste sich an den Rücken und zog dann eine blutige Hand wieder hervor. Thanos nahm mir die Kreme aus der Hand. Entschlossen nahm ich ihm die Creme ab, zog ihm das Hemd aus und schmierte sie auf seine tiefen Wunden.

Plötzlich knackte es hinter uns. Wir drehten uns beide um. Eine Frau ganz in Schwarz gekleidet, mit langen blonden Locken stand dort und schaute uns belustigt zu.

< Thanos, Thanos, Thanos. Was wohl dein Vater dazu sagen würde? Wollen wir es herausfinden? >, fragte die Frau.

< Davina. >

< Dass du mich wiedererkennst, wir haben uns doch Ewigkeiten nicht mehr gesehen >, immer noch wirkte die Frau belustigt.

< Wie könnte man dich vergessen. Wie ich sehe hast du anders als beim letzten Mal Verstärkung mitgebracht >, antwortete ihr Thanos.

Zwei Männer traten nun aus dem Gebüsch. Angst stieg in mir auf. Ich würde nie wieder nach Hause kommen, nie wieder. Davina starrte mich jetzt an und lächelte.

< Du hast dir lieber eine jämmerliche Sterbliche geholt, als mich zurück zugewinnen>, sagte Davina.

< Eifersüchtig? > Doch plötzlich änderte sich Davinas Tonfall.

< Ihr Tod wird schmerzhaft, das hast du gerade besiegelt. Schnappt sie euch. >

Thanos drückte mich hinter sich. Ich war wie gelähmt, so viel Angst hatte ich. Dann schrie Thanos:

< Lauf, lauf! >

Ich rannte, rannte um mein Leben.

< Ich will dir nicht wehtun Thanos, aber ich muss wohl >, hörte ich Davina noch sagen. Instinktiv drehte ich mich um. Sie hatte Thanos nur durch ihren Blick in die Luft gehoben. Sie hob ihre Hand und schloss sie fest. Thanos faste sich an die Kehle und röchelte. Dann hörte man etwas knacken und Thanos fiel zu Boden. Er war tot.

Ich hörte mich selbst schreien: < Nein >! So schnell ich konnte lief ich zu ihm und warf mich schluchzend neben ihn.

< Ach Schätzchen, das hat er dir wohl nicht erzählt? Er kann nicht sterben >, hörte ich Davina sagen.

Sie lachte und nickte den beiden Männern zu. Der eine packte mich und der andere nahm Thanos bei den Armen und schleifte ihn über den Boden. Ich hatte in meinem Leben schon so viel verloren dass ich um mein eigenes Leben nicht weinte und nicht kämpfte. Mich traf die Erkenntnis, dass ich eigentlich kein Leben hatte, denn ich lebte nur in meinen Büchern, ich lebte nur, wenn ich las. Das hatte ich jetzt davon. Ich würde für ein Buch sterben, für ein Buch, dessen Geschichte ich nicht einmal kannte. Was für ein sinnloser Tod!

Alles kommt ans Licht

Ein gigantisches Anwesen tauchte vor uns auf, ganz in schwarz. Wir gingen durch eine riesige, hölzerne und beeindruckend gemusterte Tür. Von dort kamen wir in eine Eingangshalle. Mehrere Treppen gingen von dort ab, alle mit schwarzen Teppichen überzogen. Wir nahmen eine davon und gingen einen langen Flur entlang, in dem sich viele Portraits befanden. Ich wurde das Gefühl nicht los, dass mich die Personen auf den Portraits beobachteten. Auf einem der Bilder war eine Frau zu sehen, die sehr große Ähnlichkeit mit Davina hatte sie trug ein rotes, weit geschnittenes, Samtkleid, mit einem herzförmigen Ausschnitt. Neben ihr stand jemand. Er hatte liebevoll seinen Arm um ihre Hüfte geschlungen. Ich erkannte ihn sofort und wollte es nicht glauben: es war Thanos. Das konnte doch nicht sein. Davina folgte meinen erschreckten Blick:

< Hast du uns schon entdeckt? Wir waren ein tolles Paar, nicht wahr. Das war an dem Tag, an dem der Tod mich vor eine Wahl stellte: er oder ich. Aber das werden wir noch besprechen, wenn Thanos wieder aufwacht >, sagte sie leichthin. Ich war wie vom Donner gerührt. Wir standen beide vor dem Bild. Dann lächelte sie mich an, und plauderte im Gehen munter weiter:

< Weißt du, dieses Haus gehört meiner Familie oder sollte ich eher sagen es gehörte meiner Familie. Ich hatte nicht nur die Wahl zwischen ihm und mir sondern auch eine Bestrafung verdient. Ich hatte mich durch die Beziehung zu Thanos, an der Familie des Todes vergriffen. Dafür musste meine Familie sterben. Denn der Tod entscheidet, wer zurückkehren darf. Bei meiner Familie hat er sich für deren Tod entschieden. >

Mit einem Mal unterbrach sie ihre Rede:

< Ich nehme an, Thanos unterhält sich gerade mit seinem Vater, es dauert nämlich schon ein bisschen lange, weißt du. Aber in der Zeit können wir uns ja anfreunden, meine kleine, stille Freundin. >

Sie lächelte mich an, als hätte sie mir gerade ihren letzten Lutscher geschenkt und nicht so, als hätte sie gerade meinen Reisebegleiter getötet. Wer war Thanos Vater, schoss es mir durch den Kopf. War das auch jemand, den der Tod getötet hatte. Wir waren gerade an einer Tür angekommen. Sie lächelte mich wieder an und öffnete die Tür. Sie nahm meine Hand und zog mich in den Saal.

< Schade, dass ich dich nun töten werde, aber ich habe die Kulisse perfekt ausgesucht, findest du nicht auch? >

Sie tanzte durch den Raum.

< diese Idee war nicht ganz von mir, das muss ich zugeben, der Tod hat hier vor meinen Augen meine Familie abgeschlachtet. Er ermordete wegen meines Fehlers meine Eltern und meine Geschwister.>

Sie stand vor mir und lächelte mich an. Ich fühlte Panik aufkommen, ich bekam kaum noch Luft. Plötzlich öffnete sich die Tür und Thanos stürmte herein. Davina begann zu lächeln, sie hatte ein merkwürdiges, gekünsteltes und dabei sehr beängstigendes Lächeln.

< Thanos wir haben dich vermisst, ich habe Loren schon meine Familiengeschichte erzählt. > Sie lachte, aber Thanos war nicht nach Lachen zumute. Er hob seine Hand und richtete sie auf Davina.

< Bevor du etwas machst, was du bereuen wirst, möchte ich dir sagen, dass ich nicht alleine hier bin, wie du vermutlich schon bemerkt hast. >

Zwei Männer traten ein. Thanos senkte seine Hand. Davina begann wieder zu lachen und biss sich dabei auf ihre Unterlippe. Sie ergriff Thanos Hand.

< Da wir das jetzt geklärt haben Liebster, setz dich doch bitte. Ich möchte mit meiner neuen Freundin sprechen und du würdest nur den Lauf der Geschichte stören. >

< Kommt diese Freundin noch? Ich sehe sie hier gar nicht. > Thanos blickte sich demonstrativ um. Davina aber zog ihn zu der Tafel, die im Raum stand und die ich jetzt erst bemerkte.

< Wie ich sehe hast du deinen für Humor nicht verloren. > Davina drehte sich jetzt zu den beiden groß gewachsenen Männern um.

< Ihr zwei könnt euch auch setzten und darauf achten, dass er keinen Blödsinn macht wir wollen ja nicht das sie stirbt, bevor ich ihr Thanos´ Geschichte erzählen konnte. Nicht wahr? >

Die beiden Männer setzten sich. Einer neben Thanos und der andere ihm gegenüber. Thanos starte Davina an.

< Das wagst du nicht >, sagte er entrüstet, aber mit einem verzweifelten Unterton.

< Wollen wir wetten? < Sie schritt auf mich zu, ergriff meinen Arm und hakte sich vertraulich bei mir ein. < So von der Ex zur neuen Freundin. >

Sie zwinkerte mir zu.

< Ich bin nicht seine Freundin. >

< Ja ja, rede dir das nur weiter ein, meine Süße. Aber eines solltest du wissen, ich hasse es unterbrochen zu werden. Ich komme wieder auf Thanos zurück. Du kennst seinen Vater sicher noch nicht - oder? Ach so, ja, wenn du ihn kennen würdest, dann wärst du ja schon tot, dann schließe ich also daraus, dass du ihn noch nicht kennst. Aber ich! Also kann ich dir viel über ihn erzählen. Weißt du, er ist ein Mörder. Nicht war Thanos? Du brauchst mir nicht antworten, ich kenne deine Antwort schon. Auf jeden Fall, ist er schlimm. Man sagt ja auch: der Apfel fällt nicht weit vom Stamm. Nicht war, das sagt man doch? >

Die beiden Männer nickten zustimmend.

< Habe ich eigentlich schon erwähnt, wie er heißt? Ich meine Thanos Vater. >

< Das wagst du nicht. > sagte Thanos plötzlich.

Davina schnipste mit dem Finger und der Mann, der neben ihm saß, hielt ihm den Mund zu. Davina blickte mich an und lächelte wieder.

Ich fragte mich, warum sie immerzu lächelte.

< Jetzt können wir ungestört weiter quatschen. Ich sehe, du überlegst, dir wird klar, dass du ihn nicht kennst. Vielleicht habe ich vergessen zu erwähnen, dass ich deine Gedanken lesen kann. Ja ich lächle nun einmal gern - eine der Begabungen, die mir der Tod verliehen hat. Ach Tod, dies ist mein Stichwort: ich wollte dir sagen, wer Thanos Vater ist. Naja, das passt: Er heißt nämlich genau so. Thanos Vater ist der Tod. >

Ich lief zu Thanos. Ich war vollkommen aufgebracht. Dennoch versuchte ich ruhig zu bleiben, stellte mich vor ihn hin, lächelte ihn an und schlug ihm so fest ich konnte auf die Wange. Nicht wütend, sondern eher traurig, strich er sich über die rot gewordene Stelle auf seiner Wange und sah mich an. Davina, für die das Ganze ein riesen Vergnügen zu sein schien, kam zu mir und legte ihre Hand auf meine rechte Schulter.

< Das ist noch nicht alles Schätzchen. Spare deine Wut. Ich habe nämlich noch viel mehr zu sagen. Ich liebe es schlechte Neuigkeiten weiter zu geben, ihr nicht auch? >

Sie begann wieder zu lächeln. Am liebsten hätte ich sie ebenfalls geschlagen, damit ihr endlich dieses verdammte Lächeln verging.

< Ich sehe mal über deine Gedanken hinweg, weil ich gerade so gute Laune habe und fahre mit meiner Geschichte fort. Weißt du eigentlich, dass Thanos vom Tod höchstpersönlich den Auftrag bekommen hat, dich zu töten. Er wollte es nur aufregender haben als sonst, und hat dich deswegen befreit und so getan als ob er dir helfen würde. Ach übrigens, ich war so frei und habe mir mal die Stücke der Karte genommen, das ist doch in Ordnung oder? Ach ja, ich habe vergessen, dass du gar nicht reden kannst, ich denke mir einfach mal, ja es ist okay, da ihr sie beide nicht brauchen werdet. >

Nach diesen Worten sackte ich zusammen und begann zu weinen. Ich würde sterben. Für jemanden der mich betrogen hat. Es könnte nicht noch schlimmer kommen.

< Doch es kann noch schlimmer kommen Schätzchen und das ist hier auch der Fall>, hörte ich Davina wieder neben mir. < Du tust mir fast leid. Nein, das war nur Spaß. Ich genieße es, dich zerbrechen zu sehen, und wie heißt es so schön das Beste kommt zum Schluss. Ich habe noch eine kleine Geschichte für dich Loren und dann erlöse ich dich von deinem Leiden und du darfst zu deinen Eltern, wie ich, wenn ich hier mit dir fertig bin. Ja, das hat mir Thanos versprochen, wenn ich das für ihn getan habe, dann wird er mich vom ewigen Leben befreien und mich wieder mit meiner Familie vereinen. Das ist mein einziger Wunsch. Du Loren, verdienst es zu wissen, was mit deinen Eltern passiert ist. >

In meinem Kopf begann es zu rotieren. Was hatten meine Eltern mit dieser Welt zu tun, warum wusste sie von ihnen? Ich stand auf und blickte sie an. Erzähl es mir, Davina. Sie begann wieder zu lächeln.

< Ich hätte es dir auch erzählt, wenn du nicht darum gebeten hättest, meine Süße. Deine Eltern haben Lesen so geliebt wie du und sie sind daran gestorben, genauso, wie du daran sterben wirst.>

< Du hast meine Eltern umgebracht! >

Ich wollte ihr schon an die Gurgel springen, da zeigte sie auf Thanos, der jetzt aus Nase und Mund blutete. Ich brach mitten in der Bewegung ab und starrte sie an.

< Ich habe deine Eltern nicht ermordet, sondern er. >

Sie zeigte immer noch auf Thanos. Ich brach zusammen. Davina setze sich neben mich auf den Boden und begann meinen Kopf zu streicheln.

< Es wird alles gut oder nicht. Ich erzähle dir die Geschichte ihres Todes. Dein Armband hier, deine Mutter hatte das gleiche. Es sollte sie beschützen aber das konnte den Tod nicht verhindern. Es ist 15 Jahre her. Sie wurden wie du in den Höhlen eingesammelt. Thanos sollte, wie immer, die Angekommenen Töten und das wollte er auch, doch deine Mutter sprach ihn an. Sie sagte: < Wir haben eine kleine Tochter>, dabei deutete sie auf den hochgewachsen Mann neben

sich, < gerade ein Jahr alt. Bitte lassen sie uns gehen. >

Sie flehten Thanos an, doch er blieb unerbittlich und behauptete, dass es ihm egal sei, dass sie eine Tochter hätten und wenn sie hier auftauchen würde, würde sie das gleiche Schicksal ereilen, wie ihre Eltern. Sie erzählten ihm von dir, wie wunderbar du seist und wie stolz sie auf dich seien. Sie sagten, wie sehr sie dich liebten. Doch er hörte gar nicht richtig hin. Er tötete beide und nahm dann das Armband an sich, dass er bis heute immer bei sich hat. >

Plötzlich streckte sie ihre Hand aus und schnell flog das Armband in ihre Hand. Als sie es mir anlegte und die beiden Halbmonde sich berührten, schlossen sie sich zu einem Vollmond zusammen. Sofort begann der Vollmond zu leuchten. Ich streichelte über den Mond. Ein tröstliches beruhigendes Gefühl überkam mich und ich hatte das Gefühl, dass meine Eltern bei mir seien. Neue Kraft durchströmte mich und ich stand auf.

< Oh, eine Kämpferin, das gefällt mir >, erklang die spöttische Stimme von Davina, < doch leider wird dir das nichts nützen, denn du wirst jetzt sterben. >

Eine Stimme begann zu sprechen, unangenehm quietschend, wie Kreide, die man zu fest auf eine Tafel drückt. Ich begann zu schaudern, die Nackenhaare stellten sich mir zu Berge. Ich wusste sofort, wer da sprach: Der Tod.

< Komm zu mir. >

Raunte die Stimme und sprach weiter:

< Nein, mein Sohn soll es tun. >

Davina schnipste mit dem Finger. Thanos war frei rührte sich aber nicht.

< Thanos, mein Sohn. Wenn du das tust, verzeihe ich dir deinen Ausrutscher. Tu es. >

Thanos stand auf und die beiden Männer auch. Er stellte sich vor mich und die beiden Männer links und rechts von Davina. Er hob seine Hände.

< Sehr gut mein Sohn und jetzt tu es. >

< Nein Vater>, sagte Thanos mit fester, entschlossener Stimme.

Anstatt mich zu töten, richtete er seine Hände auf die beiden Männer, die wie ohnmächtig niedersanken. Dann richtete er seine Hände auf Davina.

< Tu es. Tu es, na los, worauf wartest du noch?>

Davina klang so, als wollte sie unbedingt sterben. Der Tod war mit einem Mal verschwunden und Davina lag tot auf dem Boden.

Thanos kam zu mir und half mir auf. Ich schlug ihn wieder, aber dann umarmte ich ihn. Unsere Gesichter waren nah aneinander. Ich konnte seinen Atem spüren. Unsere Lippen berührten sich und wir küssten uns. Seien Lippen waren rau und schmeckten nach Blut. Ich hatte es wohl gut getroffen. Ich musste schmunzeln. Er schnappte sich das Stück der Karte und wir verschwanden von dem Anwesen.

Wir rannten bis wir in einen Wald kamen. Wir bauten aus Zweigen ein Lager, als wir weit genug vom Anwesen entfernt waren. Langsam dämmerte es.

< Loren es tut mir leid. Alles. >, begann Thanos.

< Du verstehst doch, wenn ich dir nicht verzeihe. Ich will hier heraus und du bist der einzige hier, dem ich ein Stück weit vertraue, aber das kann ich dir nie verzeihen. >

Thanos nickte. Ich wusste, er würde das verstehen. Er hätte mir auch nicht verziehen.

< Ich werde mir dein Vertrauen Stück für Stück wiederholen, und jetzt fange ich damit an > antwortete Thanos entschlossen.

Er holte die Stücke der Karte heraus und fügte sie zusammen. Wir hatten unsere Karte mit dem Weg in die Freiheit. Die Sonne ging unter und wir legten uns Schlafen. Morgen würden wir die gefährliche Strecke losgehen. Bleierne Müdigkeit legte sich über uns und wir schliefen fast unmittelbar ein.

Das Schloss des Todes

Vor uns tauchte ein Schloss auf riesig und beeindruckend. Wir ritten darauf zu. Vor einem Eingangstor blieben wir stehen. Thanos ergriff sein Messer und schnitt sich in die Hand. Mit dem Blut berührte er das Tor. Das davor schwarze Tor färbte sich blutrot, es schwang auf und wir ritten hindurch. Ich blickte mich um und sah gerade noch wie das Tor sich wieder schloss und es wieder schwarz wurde. Wie galoppierten durch einen Park. Er war ungepflegt und die Statuen, die sich darin befanden, überwuchert von Efeu. Wir standen vor der Treppe, die hoch zur Eingangstür führte. Thanos lief voraus und verschwand hinter der Tür. Ich zögerte noch doch schritt dann auch die Treppe hoch und durch die Tür. Es dauerte bis sich meine Augen an die Dunkelheit gewöhnten. Doch dann sah ich die blutverschmierten Wände und die zerschlissenen Gemälde, es war ein angsteinflößender Anblick. Am liebsten hätte ich mich umgedreht und wäre herausgestürzt, doch irgendetwas zog mich in das Haus, so als ob ich denjenigen suchen würde, der das hier angerichtet hatte. Thanos war nirgends zu sehen. Ich schritt die Eingangshalle entlang, bis ich zu zwei Treppen kam. Welche davon sollte ich nehmen? Ich entschied mich schließlich für die linke. Ich ging langsam und vorsichtig die Treppe hoch, als wüsste ich, dass dort oben etwas Schreckliches sei. Ich kam in einen dunklen Flur. Es war kein Gefühl, das mich an lockte, sondern eine Stimme, die erst jetzt bemerkte.

< Komm zu mir. >

< Komm zu mir. >

Die Stimme kam mir bekannt vor, wie Kreide, die quietschend über eine Tafel fährt. Ich kam an mehreren Türen vorbei, die alle irgendwie verlassen wirkten, so als ob schon lange niemand mehr hinein gegangen wäre. Die Stimme führte mich weiter. Am Ende des Flurs war noch eine Tür. Sie war voll blutiger Handabdrücken. Ich drückte den Türgriff nieder und öffnete. Blut überall. Menschen im ganzen Zimmer, tote Menschen. Ich stieß einen Schrei des Entsetzens aus. Männer, Frauen und Kinder. Alle tot. Dann hörte ich ein stöhnen aus der hintersten Ecke des Zimmers. Ich rannte durch das Zimmer und gelangte zu einem Mädchen. Sie war ungefähr so alt wie ich. Schwer verletzt lag sie gegen die Wand gelehnt. Sie war am verbluten. Thanos Salbe, dachte ich, ich brauchte Thanos.

< Thanos, Thanos komm schnell, sie verblutet. >

Unvermittelt begann ich schluchzen und drückte das halbtote Mädchen an mich. Da sah ich Thanos in einer Ecke des Zimmers stehen.

< Da bist du ja, hilf ihr, bitte. >

Ich schluchzte. Sie wurde immer kälter. Ich drückte sie noch enger an mich.

< Wir können ihr nicht helfen. Sie wird sterben>, sagte Thanos.

< Nein, du hast eine Salben du kannst sie retten. >

< Nein kann ich nicht. Es tut mir leid. >

Ihr Körper wurde immer kälter. Dann hob sie ihre Hand und streichelte mir übers Gesicht.

< Ist schon gut >, hauchte sie. Ihre Hand erschlaffte und fiel auf ihren leblosen Körper zurück. Sie war tot. Ich hielt sie immer noch fest an mich gedrückt.

< Nein! > Ohne es zu merken, hatte ich geschrien.

Da ertönte wieder in meinen Ohren die Stimme.

< Er kommt sie holen. >

Ich blickte mich um und sah niemanden.

< Wer? >, fragte ich. Noch immer weinte ich.

< Mein Vater, der Tod. >

< Nein, er darf sie nicht mitnehmen. Nein. >

Thanos ergriff mich, und begann mich zu schütteln.

< Wer darf wen nicht mitnehmen? >

< Der Tod. Sie war noch so jung >, sagte ich.

Erst jetzt sah ich, wo wir waren. Wir waren nicht in einem blutbesudeltem Zimmer, wo gerade jemand gestorben war. Wir waren in unserem Nachtlager, in einem von Licht durchfluteten Wald.

< Du hattest einen Albtraum>, sagte Thanos, der neben mir lehnte und mich ansah.

Ich hatte alles tatsächlich nur geträumt. Ich konnte es kaum fassen. Alles hatte sich so echt angefühlt. Nichts davon war Realität gewesen, auch nicht das tote Mädchen. Es war nur ein Traum gewesen. Dennoch klang mir ihre Stimme mir immer noch in meinem Ohr, als sie sagte < Ist schon gut >.

Die Nacht im Anwesen

< Ist schon gut. >

Immer wieder hörte ich ihre Worte. Es war wie als ob ich noch träumen würde. Diese Stimme, die mich versucht hatte zu entlasten, aber doch voller Schmerz gewesen war. Panik begann in mir aufzusteigen. Was, wenn es doch kein Traum war? Was, wenn das Mädchen tatsächlich gestorben war. Mein Magen drehte sich um, ich fühlte, wie mir über wurde. Ich begann schnell zu atmen.

Thanos erklärte zögernd, dass sein Vatter wohl den Alptraum geschickt hätte. Doch je mehr ich sprach, desto mehr fühlte ich mich wieder in den Albtraum versetzt.

< Thanos, bitte hör auf davon zu reden >, bat ich inständig.

Ich war mir sicher, dass Thanos die Panik in meiner Stimme gehört hatte, denn er verstummte. Er öffnete seine Jacke und holte die schon zusammen geklebte Karte heraus. Als er sie auf dem nassen Boden ausbreitete, sah ich zuerst die dicke rote Linie, die jetzt die Karte durchzog. Ich hockte mich neben Thanos. Das feuchte Gras durchdrang langsam meine Hose. Ich hob meinen Finger und fuhr über die Linie immer, immer wieder. Die Linie war tief geprägt, so dass man sie wunderbar spüren konnte. Ich war an dem einen Ende angekommen als Thanos seine Hand auf meine legte und so meine Hand stoppte.

< Da müssen wir hin. >

Unsere Hände blieben ineinander verschlungen und wir schauten beide auf den Punkt, wo unsere Hände ruhten. Plötzlich zog er seine Hand weg, als wäre ihm etwas schmerzlich etwas in Erinnerung gekommen.

< Wenn wir da sind, kannst du wieder nach Hause. >

Die Betonung lag eindeutig auf du. Wollte er etwa mit? Doch ich hatte keine Zeit mehr darüber nachzudenken. Er stand auf und klappte die Karte zusammen.

< Wir müssen dort entlang. >

Er deutete in Richtung Osten. Ich stand auf und strich das Gras von meiner Hose. Osten das war doch auch die Richtung, in der das Anwesen lag.

< Wir gehen doch nicht wieder zurück zum Anwesen oder? >, fragte ich beklommen.

< Doch genau das tun wir. >

In seiner Stimme lag der entnervte Unterton. den er am Anfang immer gehabt hatte.

Es dauerte nicht lange, dann waren wir wieder an der Grenze des Anwesens. Thanos stoppte so abrupt, dass ich beinahe in ihn rein gelaufen wäre. Er drückte mich ins Dickicht. Ich machte schon den Mund auf, um etwas zu sagen doch er hielt mir den Mund zu. Gerade noch rechtzeitig, denn um die Ecke bogen zwei Personen. Ein Mann und eine Frau. Davina! Sie lebte. Aber das konnte doch nicht sein, ich hatte zugesehen, wie sie gestorben war. Offensichtlich hatte ich die Augen wohl so weit aufgerissen, dass Thanos mich anblickte und mir bedeutete, dass er mir gleich alles erklären würde. Davina und der Mann liefen an uns vorbei und geradewegs in den Wald. Thanos nahm langsam die Hand von meinem Mund.

< Er hat sie nicht sterben lassen. Bevor du jetzt irgendetwas sagst, lass es mich erklären. >

Ich nickte und wir stiegen aus dem Dickicht und gingen weiter.

< Alle die tot sind, kommen zum Tod. Er entscheidet dann, wer endgültig sterben darf und wer weiter leben muss. Der Tod geht mit demjenigen das ganze Leben nochmal durch und richtet dann über denjenigen. Manchmal lässt er auch Menschen sterben, damit er kurz mit ihnen reden kann. Dann lässt er sie wieder gehen. Davina hat es sich so sehr gewünscht zu sterben, dass er sie weiter leben ließ. Damit hatte er sie bestraft. Sie muss jetzt so lange weiterleben, bis er sie sterben lässt. Ich kenne sie schon ewig und weiß, dass sie unter diesem Leben leidet. Sie war gerade fünf Jahre im Buch und

dann wurde ihre Familie ausgerottet. >

< Sie war fünf Jahre alt? >

< Nein. Sie war fünf Jahre im Buch, das ist etwas anderes. Manchmal tauchen Menschen einfach auf und gehören dann zur Geschichte. Als Davina aufgetaucht war, war sie genauso alt wie heute. Sie wird niemals älter werden. Der Tod ihrer Familie ist jetzt zwanzig Jahre her. Seit dem ist sie alleine. >

< Wie lange bist du schon hier? > fragte ich.

Man sah, dass er mit seiner Antwort zögerte.

< Schon immer. Ich weiß nicht genau, wie lang. aber es ist schon eine Ewigkeit. Ich bin genauso lange hier wie der Tod. >

Mittlerweile waren wir am Anwesen angekommen. Es war niemand zu sehen. Das Anwesen war verlassen.

< Wir werden heute Nacht hierbleiben. Morgen nehmen wir uns Pferde aus dem Stall und reiten los. Wir können uns hier umziehen und etwas Richtiges essen. >

< Okay. >

Für mich war das Thema, wie lange er schon hier ist, damit abgehakt, es schien so als wollte er nicht darüber reden. Wir waren an einer Tür angekommen. Ich merkte erst jetzt, dass wir hinter dem Anwesen waren. Wir waren vor einer Hintertür des Gebäudes. Wir traten ein und standen in einem schwarz gestrichenen Raum, in dem überhaupt nichts stand. Von ihm gingen drei Treppen ab. Hinter uns die Tür und vor uns, links und rechts überall Treppen. So standen wir da, bis Thanos die Treppe links hinaufstieg. Als er merkte, dass ich ihm nicht folgte, drehte er sich zu mir um.

< Ganz ruhig. Ich bringe dich nur in das Ankleidezimmer. Ich werde dir nichts tun. >

Ich sah wohl ein bisschen verängstigt aus, wegen der Dinge, die im Anwesen passiert waren. Er war schon fast verschwunden, da hastete ich ihm endlich nach. Die Treppe war überraschend kurz. Ich holte Thanos ein, als er schon fast am Ende angelangt war. Die Treppe mündete in einen Gang, von dem Türen abgingen. Thanos öffnete jede einzelne Tür und schloss sie sofort wieder. Als er die dritte Tür öffnete sah ich, dass es ein Schlafzimmer war.

< Hier wirst du schlafen >, sagte er.

Endlich öffnete er eine Tür, in die er hineinging. Es war das Ankleidezimmer. So hatte ich mir ein Ankleidezimmer in meinen kühnsten Träumen nicht vorgestellt. Rot gestrichen mit Kleidungsständern überall und Puppen, die ebenfalls Kleidung trugen. Es gab drei Regale voller Schuhe und eine Vitrine gefüllt mit Schmuck. Daneben eine viel größere Vitrine mit Waffen. Es war alles da, man hatte das Gefühl, dass hier Kleidungsstücke aus jedem Jahrhundert wären. Zwei Paravents gab es ebenfalls. Sie waren rot mit einem schwarzen Muster.

< Es sieht aus wie früher. Nur die Waffen sind besser, als das letzte Mal, als ich hier war. Sieh dich ruhig um, du solltest etwas anziehen, das bequem ist und mit dem du rennen kannst. Nur zur Sicherheit, ich glaube nicht, das wir das müssen,> sagte Thanos beschwichtigend.

Am liebsten wollte ich alles einmal anziehen. Es gab bestimmt hundert Ballkleider. Alle sahen unterschiedlich aus, manche waren schlicht und einfarbig, andere waren kunstvoll und kreativ. Ich sah mich nach etwas Bequemen um. Ich wollte endlich das enge Lederoutfit loswerden, das jetzt auch noch durchnässt und dreckig war. Ich sah mehrere Hosen an einer Kleiderstange hängen und ging hinüber. Ich nahm eine schwarze und eine rote Hose, die aussahen als könnten sie mir passen. Thanos hatte sich bereits etwas zum Anziehen ausgesucht und bewunderte jetzt wieder die Waffen. Ich suchte jetzt nur noch ein Top eine Lederjacke und Schuhe. Ich nahm ein rotes und ein schwarzes Top. Beide waren weit ausgeschnitten. Derjenigen, der das gehörte liebte wohl weit ausgeschnittene Tops, denn es gab keine anderen. Ich nahm mir eine weit geschnittene schwarze Lederjacke dazu, die wohl eigentlich für Männer war. Die meisten Schuhe hatten Absatz; also blieb mir nicht viel Auswahl. Ich nahm ein Paar schwarze Halbschuhe, die man schnüren musste.

< Ich ziehe mich jetzt um, Thanos >, sagte ich.

Thanos nickte nur und ging sich ebenfalls umziehen. Ich entschied mich für die schwarze Hose und das rote Top. Ich fand, als ich alles anhatte, dass ich aussah, wie Davina, was mir ein bisschen Unwohlsein verursachte. Als ich herauskam, stand Thanos schon umgezogen da. Er war ganz in Schwarz gekleidet. Seine Lederjacke war geschlossen und seine Hose saß perfekt, als wäre sie für ihn angefertigt worden. Er starrte mich so komisch an, das verunsicherte mich.

< Ist irgendwas an meinen Anziehsachen nicht in Ordnung? >

< Nein, du siehst toll aus. >

Ich warf mein Haar zurück.

< Natürlich sehe ich toll aus! >

Wir mussten beide lachen. Thanos wandte sich wieder den Waffen zu.

< Wir brauchen noch Waffen und uns fehlt jegliche Ausrüstung. >

< Ja und wir brauchen noch mehr als das. Aber wie sollen wir das transportieren? >

< Da wüsste ich was. >

Er wandte sich um und lief ans andere Ende des Raumes. Gebückt kroch er unter zwei Kleiderständern hindurch und kam dann wieder mit zwei schwarzen Rucksäcken. Er grinste mich an.

< In die wird alles reinpassen. >

< Das glaube ich auch. >

< Wir erstellen eine Liste von dem was wir brauchen. Jeder von uns muss in seinem Rucksack alle Dinge zum Überleben haben, falls wir

uns verlieren. >

< Okay. Aber wir werden uns hoffentlich nicht verlieren. >

< Hoffen wir es mal. >

Die Liste zu erstellen war schwerer, als wir dachten. Denn wir mussten uns beschränken.

Zwei Mäntel, Messer, jeder einen Dolch, Essensvorräte, Heilkräuter, Schlafkräuter, Verbandszeug

Die Mäntel waren eher Umhänge. Sie waren in einer grau-grünen Farbe und hatten oben einen Verschluss. Man konnte sie auch als Decke benutzen. Thanos holte für jeden von uns zwei Messer und einen Dolch. Der Holzgriff der Messer war kunstvoll verziert mit Schnitzereien. Genauso wie die Dolche.

< Wir tun jetzt die Sachen in unsere Rucksäcke und den Rest holen wir morgen aus der Küche. Oder hast du Hunger? >

< Nein. >

Thanos nickte und wir stopften alles in unsere Rucksäcke.

< Findest du allein in dein Zimmer? >

< Ja, das schaffe ich. >

Ich wandte mich zum Gehen und drehte mich dann um.

< Ich brauche noch Schlafkräuter. >

< Nein, das ist nicht notwendig. Dieses Gebäude ist so sicher, hier schaffen es die Kreaturen nicht herein. In deinem Zimmer sind Bücher, falls du etwas lesen willst. >

< Okay, ich glaube, dann lese ich noch etwas. Gute Nacht. >

< Gute Nacht. <

Wir nahmen beide einen der Rucksäcke und traten auf den Flur. Ich musste wieder in die entgegengesetzten Richtung gehen, wandte ich mich aber um, um zu sehen wo er hinging. Er lief an den Türen das Flurs vorbei und bog am Ende links ab. Plötzlich packte mich die Neugier und ich lief den Flur entlang, als er um die Ecke gebogen war. Ich blickte vorsichtig um die linke Ecke und sah gerade noch wie er am Ende des Flurs hinter der letzten Tür verschwand. Ich wüsste zu gern, was sich hinter dieser verbarg, aber ich konnte dort jetzt nicht hinein. Also drehte ich mich um und lief leise wieder den Flur entlang zurück.

Ich öffnete eine weitere Tür, von der ich dachte, dass es sich um die meines Schlafzimmers handelte. Doch als ich sie öffnete, erblickte ich eine riesige Bibliothek. Anstatt die Tür wieder zu schließen, trat ich ein. Lesen war meine große Leidenschaft und deshalb fragte ich mich, was für Bücher es wohl in einem Buch gibt, das vom Tod beherrscht wird. Ich strich mit meiner Hand über die in Leder eingebundenen Bucheinbände. Sie sahen alle gleich aus. Ich zog eines der Bücher aus dem Regal und öffnete es. Zum Vorschein kam eine fein- säuberliche Handschrift in schwarzer Tinte. Ich begann zu lesen:

< Nach 1.300 Tagen habe ich aufgehört zu zählen. Ich habe jegliches Gefühl für Zeit verloren. Die Zeit fliegt nur so an mir vorbei. Erinnerungen fließen ineinander über. Es fühlt sich so an, als wäre ich nur Zuschauer meines eigenen Lebens. Ich glaube, ich habe meine Gefühle verloren. Ich tue grausame Dinge auf Befehl meines Vaters aber es berührt mich nicht. Ich ermorde Männer, Frauen und Kinder auf grausame Weise und es ist mir egal. Ich sehe ihre Wunden, höre ihre Schreie und Bitten, aber fühle nichts. Heute habe ich eine schwangere Frau kaltblütig ermordet. Sie flehte mich an, sie erst zu töten, wenn ihre Tochter zur Welt gekommen sei, doch ich lächelte sie nur an und ließ sie verbluten. Warum tue ich so etwas? Ich habe Angst vor mir selber. Was tue ich wohl als nächstes? Ich bin eine Gefahr für andere. Doch sterben kann ich nicht. Das weiß ich aus eigener Erfahrung. Nachdem ich das erste Mal gemordet hatte und ich begriff, was ich getan hatte, schlitzte ich mir die eigene Kehle durch. Doch mein Vater ließ mich nicht sterben. Er brachte mich ins Leben zurück, nicht weil er mich liebte, sondern weil er mich für

weitere grausame Taten brauchte. Seitdem verschwinden meine Gefühle allmählich. >

Ich blätterte weiter.

< Heute bin ich blutverschmiert aufgewacht. Neben einer Leiche. >

Ich warf das Buch auf den Boden und zog ein anderes aus dem Regal. Die gleiche Handschrift. Das nächste und nächste alle waren mit der gleichen feinen Handschrift vollgeschrieben. Irgendwann lagen kreuz und quer Bücher, alle aufgeschlagen und ich zwischen ihnen mit einem Buch auf den Knien. Ich stieß es von mir. Jetzt wusste ich, wer diese Tagebücher geschrieben hatte. Thanos. Er hatte all seine Taten in diese Bücher geschrieben. Ich blickte mich um. Es kam mir vor, als versuchte er damit seine Taten zu verarbeiten. Als wollte er versuchen, nicht wie sein Vater zu werden.

Irgendwie musste ich eingeschlafen sein, denn ich träumte von der Ermordung meiner Eltern. Doch in meinem Traum war nicht Thanos der Mörder, sondern der Tod. Ich fuhr hoch. Ich erblickte Thanos. Er hatte sich zwischen die Bücher gehockt und strich mit seiner Hand über eines der geöffneten Bücher. Ich richtete mich auf und hockte mich hinter ihn. Ich schlang meine Arme um ihn und flüsterte ihm ins Ohr.

< Das bist du nicht, das war dein Vater. Ich weiß wer du wirklich bist. Thanos sie mich an, < du bist gut und das weißt du, du musst es nur wirklich zulassen. >

Wir richteten uns auf. Unsere Gesichter waren sich jetzt sehr nah er ergriff meinen Kopf und küsste meine Stirn.

< Danke, Loren. >

Er ließ mich los.

< Ich war schon in der Küche und habe alles geholt was wir brauchen und habe es bereits auf deinen und meinen Rucksack aufgeteilt. >

< Okay, dann können wir ja aufbrechen. >

< Ja, wir gehen noch in den Stall und holen uns Pferde.>

< Du gehst besser vor. >

Wir schnappten unsere Rucksäcke und er ging voraus. Wieder tat er so, als sei nichts passiert, was für mich in Ordnung war.

Wir liefen den gleichen Weg, den wir gekommen waren, wieder zurück. Als wir draußen waren, liefen wir nach rechts und kamen an den Stall. Er war genau so dunkel wie das Anwesen. Als wir eintraten roch es nach Pferd, was mich merkwürdiger Weise an zu Hause erinnerte.

< Such dir eines aus. >

Es gab vier. Ein Schwarzes, das Thanos gerade für sich selbst sattelte, ein Braunes, ein Weißes und noch ein weiteres Weißes mit einer schwarzen Stirn, dieses wählte ich. Ich führte es aus der Box und begann es zu satteln. Als wir beide fertig waren saßen wir mit unseren Rucksäcken auf. Thanos holte die Karte heraus und klemmte sie unter seinen Sattel, so dass er unsere Route gut sehen konnte.

< Wir müssen nach Osten. >

Wir ritten los. Immer der vorgezeichneten Route nach.

Das Haus

Drei Tage waren wir schon auf dem Weg und waren niemandem begegnet. Die Sonne war gerade wieder aufgegangen und wir ritten weiter. Ein paar Stunden waren wir bereits geritten, als vor uns ein riesiges Gebäude auftauchte.

< Laut Karte ist es das. Du bist bald wieder zu Hause. >

Ich schluckte. Zu Hause war es auch nicht so toll, aber wenigstens wollte mich dort keiner umbringen. Zumindest noch nicht. Es sah so aus, als wäre das Haus aus mehreren zusammengesetzt worden. Das linke Stück war ein Backsteingebäude, mit einem schwarzem mit Moos bedecktem Dach und einem weißlichen Balkon ungefähr im zweiten Stock, der auch überdacht war. Efeu hangelte sich am ganzen Haus entlang. Die rechte Seite war weiß-grau mit einem Turm auf dessen spitzem Dach ein Wetterhahn steckte. Sprossenfenster waren an allen Gebäuden. Das letzte war ein Fachwerkgebilde, weiß mit dunkelbraunen Balken. Die Gebäude standen im Viereck und gingen ineinander über in der Mitte der Turm. Der Eingang war am weißen Gebäude. Es gab zwei Treppen die hoch zu einer Tür führten. Die Tür war weiß und umrankt mit Efeu, wie auch das Treppengeländer. Im Grunde sah alles ziemlich morsch aus, als würde gleich alles in sich zusammenfallen. Das machte es nur umso mehr geheimnisvoll. Um das Haus war ein Friedhof. Es gab eine Familiengruft, an deren Eingang zwei Statuen standen. Der restliche Platz war mit umzäunten Gräbern bedeckt. Ein breiter Weg gesäumt von Bäumen, führte geradewegs durch den Friedhof zu den Treppen. Wir banden unsere Pferde an dem Geländer der Treppen an. Dann stiegen wir die Treppen hoch und standen jetzt vor der Tür. Thanos stieß sie auf und wir traten ein. Wir standen jetzt in einer Eingangshalle. Von der drei Treppen abgingen. Die Halle war gigantisch und besonders beeindruckend war, dass inmitten der Halle ein riesiger Baum stand, tief in den Boden verwurzelt. Er reichte bis in den Turm hoch.

< Ich glaube, wir müssen nach oben, in den Turm. >

< Ja, das kann gut sein, wir nehmen zuerst die Treppe. >

Ich nickte und wir stiegen eilig die Wendeltreppe hoch. Bei jedem Schritt hatte man Angst, dass sie auseinander bricht. Wir waren noch nicht am Ende angelangt, da ging rechts ein Gang ab.

< Ich schau mir das mal an, vielleicht finde ich ja etwas. >

< Ich komme mit. >

Ich nickte und wir bogen ab. Er würde mich so kurz vor dem Ziel nicht aus den Augen lassen. Ich öffnete die erste Tür es war ein Schlafzimmer. Die Tapeten blätterten schon ab und dem Bett fehlte ein Bein. Die Kissen und die Bettdecke waren zerrissen und überall lagen Federn. Wir traten wieder auf den Flur. Wir kamen an die zweite und letzte Tür. Ich öffnete sie und trat in ein Badezimmer. Blutverschmierte Wände, in der Badewanne ebenfalls Blut. Ich schluckte und schloss die Tür wieder. Wir liefen die Wendeltreppe weiter hoch. Es kam kein weiterer Flur mehr. Wir gelangten endlich oben an. Es erinnerte mich an einen Wintergarten alles war verglast und wunderschön. Es war das, was wir gesucht hatten. ich wusste es sobald ich eintrat. Ich würde nach Hause kommen.

< Wir sind da. Thanos wir haben es geschafft. >

< Noch nicht ganz, wir müssen noch ein bisschen warten, bis es dunkel wird. So sagen es zumindest die alten Legenden. Wenn dann der Mond seinen ersten Schein herein wirft und man in diesen tritt, wird man wieder zurückgebracht. Du musst dich deshalb noch etwas gedulden. Der Mond wird bald aufgehen und dann kommst du wieder nach Hause. >

Ich nickte. Ein bisschen warten macht mir nichts mehr aus, ich war ganz ruhig. Ich werde bald zu Hause sein und dieser Albtraum hat dann ein Ende.

< Warten macht mir jetzt nichts mehr aus. >

Er erwiderte nichts, er lächelte mich lediglich an. Nur er konnte so lächeln. Man sah es leider viel zu selten. Aber wenn er doch einmal lächelte, war es wunderbar und öffnete mein Herz.

Der Tod

Die Sonne ging unter und ich wurde doch zunehmend nervöser. Was wenn es nicht klappte. Würde ich dann für immer hier bleiben? Daran durfte ich jetzt nicht denken. Ich musste zuversichtlich bleiben.

< Du blutest! >

Thanos zeigte auf meine Nase und trat besorgt näher. Ich wischte mir mit dem Handrücken über die Nase und tatsächlich, ich blutete stark aus der Nase. Meine Hand war blutverschmiert. Thanos riss ein Stück seines T-Shirts ab und hielt es vorsichtig an meine blutende Nase. Ich hob meine Hand und umfasste seine mit dem Stück Tuch. Er zog vorsichtig seine Hand zurück.

< Wie konnte das passieren? > fragte er, aber ich selber wusste es nicht. Niemand fängt, einfach so, an zu bluten.

< Ich weiß es nicht >, antwortete ich wahrheitsgemäß.

Plötzlich brach ich zusammen. Ein stechender Schmerz durchzog meinen Bauch. Ich fasste darauf und als ich meine Hand wieder hob war sie voll Blut. Thanos kniete neben mir und hob ein Stück meines T-Shirts an, als er das Blut auf meiner Hand sah. Er verzog sein Gesicht, als er die riesige Wunde sah. Wellenweise durchfuhr mich der Schmerz. Meine Wunde brannte schrecklich. Dann ertönte ein Lachen, das mich erschaudern ließ. An den Türrahmen gelehnt stand eine vermummte Gestalt.

< Vater! >

Der Tod er war hier! Ich drückte meine Hände auf die starkblutende Wunde und versuchte aufzustehen. Aber es gelang mir nicht.

< Du musst liegen bleiben Loren. >

Thanos drückte jetzt ebenfalls seine Hände auf meine Wunde.

< Thanos du kannst nichts für sie tun, das weißt du doch wenn ich

einmal jemanden von innen nach außen verbluten lasse kann man ihn nicht mehr retten. Sie wird sterben, so wie sie es schon die ganze Zeit hätte tun sollen. Und du wirst nichts dagegen tun können. >

Thanos Augen blitzten mich an und er sagte an mich gerichtet:

< Du wirst nicht sterben, hörst du, du wirst Leben! >

Ich fühlte wie die Blutung sich ausbreitete. Der Schmerz war unerträglich, aber ich musste stark bleiben. Für ihn. Mein Blut verteilte sich bereits auf dem Boden. Mir wurde langsam immer kälter.

< Ihr bleibt nicht mehr viel Zeit. Du kannst nichts daran ändern sie wird sterben. >

Ich sah wie sich Thanos Augen mit Tränen füllten. Er wollte aufspringen, ich hielt ihn aber zurück.

< Thanos mein Sohn. Sie ist nur eine Sterbliche, früher oder später stirbt sie sowieso. Ein menschliches Leben bedeutet nichts. Du hast schon tausende Menschenleben gelebt und auch tausende genommen. Sie ist bedeutungslos mein Sohn. >

Ich sah wie Wut in Thanos aufstieg. Er musste sich beherrschen.

< Thanos, sieh mich an. Es wird alles gut. Ich werde meine Eltern wieder sehen und wir sehen uns irgendwann auch wieder. Lebe für mich und denke immer daran, wir sehen uns wieder. <

Er ergriff meine Hand und küsste sie. Ich sah wie Tränen seine Wange herunter liefen. er wischte sie schnell weg. Ein weiterer stechender Schmerz durchzuckte mich. Ich drückte Thanos Hand ganz fest.

< Ich liebe dich. Egal was jetzt auch immer passiert. Ich liebe dich und werde dich auch immer lieben. >

Ich musste es ihm sagen. Wenn man stirbt will man unbedingt so vieles mitteilen, aber oft hat man keine Gelegenheit. Er sollte wissen, dass ich ihn geliebt hatte. Ich zuckte zusammen und presste meine Hand auf meinen Mund, damit ich nicht schrie. Thanos drückte seine

Hände wieder auf meine noch größer gewordene Wunde.

< Ich liebe dich auch Loren. Es tut mir alles so leid. Das ist alles meine Schuld. >

< Nein Thanos, nichts davon ist deine Schuld. Ich habe ein Abenteuer erlebt, anstatt immer nur davon zu lesen. Ich habe Liebe gefunden und ich bin glücklich gewesen. Manche Menschen suchen ihr Leben lag nach einem Abenteuer und ich bin versehentlich hineingeraten und du hast das Beste daraus gemacht. Danke, dass du mich befreit hast und ich dieses Abenteuer mit dir zusammen erleben durfte. Ich liebe dich, Thanos, den Sohn vom Tod. >

Ich lachte schwer. Musste aber gleich darauf heftig husten und hielt mir meinen Handrücken vor den Mund, als ich ihn wieder wegnahm, war er voll Blut. Thanos sah mich noch besorgter an und streichelte mir über mein Haar.

< Liebe ist nichts als ein Versprechen, dass man nie einhalten kann. Liebe ist ein Fluch der Gefühle. Und Gefühle sind der sichere Tod, > sagte der Tod mit seiner unheimlichen Stimme, die jetzt aber nicht mehr belustigt, sondern irgendwie schockiert klang.

< Nein Vater, Liebe ist das beste Gefühl von allen und es tut mir leid, dass du nie Liebe erfahren hast. Niemand liebt dich, sowie auch du niemanden liebst. Du versteckst dich hinter deiner Macht, bist aber die erbärmlichste aller Kreaturen. Du tust mir leid. >

Als Antwort kam nur ein kaltes, heiseres Lachen.

< Danke du hast meine Laune mit deiner Rede erheblich gehoben mein Sohn. >

Thanos schüttelte nur den Kopf und schaute wieder zu mir. Tränen flossen über seine Wangen. Ich hob langsam meine Hand und wischte sie weg.

< Ich verzeihe dir >, flüsterte ich ihm leise zu.

Fünfter Teil: Thanos

Der Tod - *Fortsetzung*

Ihre Hand erschlaffte und viel zu Boden. Sie war Tod. Sie war Tod!

Die Sonne war jetzt endgültig untergegangen und der Mond schien hell durch das verglaste Obergeschoss, genau auf Lorens kalten Leichnam. Dann begann der Mond blutrot zu leuchten und ihr Leichnam war verschwunden. Lorens Leichnam war aus dem Buch herausgekommen.

< Welch Ironie, einen Moment später und sie wäre sicher und unverletzt zu Hause gewesen. >

Nachdem er das gesagt hatte, lachte er kurz auf. Doch ich dachte an Lorens letzten Satz. Sie hatte mir den Mord an ihren Eltern verziehen. Sie hatte mich von jeder Schuld frei gesprochen. Ich durfte sie jetzt nicht enttäuschen. Ich musste für sie weiterleben. Also sagte ich:

< Vater, du hattest recht. Du hattest recht mit allem. Ich wollte nur ein wenig Abwechslung und ich wollte sie gar nicht nach Hause gehen lassen. Ich hatte vor, sie zu töten, sobald der Mond aufgeht. Das war mein Plan. Erst ihr Vertrauen gewinnen und sie dann töten, wenn sie glaubt, sie hätte es geschafft. Ich wollte sie ihre Freiheit ahnen lassen und sie ihr dann wieder wegnehmen. >

Mein Vater schritt auf mich zu.

< Ich glaube dir fast Thanos. Du wirst für deinen Verrat nicht sterben. Ich brauche dich noch. Du wirst dir Stück für Stück mein Vertrauen verdienen müssen. >

< Natürlich Vater >, antwortete ich, doch innerlich sagte ich mir:

< *Ich werde dich rächen Loren und alle anderen die mein Vater je umgebracht hat und jede die er mich umbringen ließ. Ich schwöre es dir, die Nächste wird leben, genauso wie ich leben werde. Ich werde einen Weg finden ihn zu töten.* >

< Ich werde den Tod töten! >

Sechster Teil: Erzähler

Wieder zu Hause

Lorens Zimmer erglühte in einem blutrot und dann plötzlich, als es abgeklungen war, lag sie auf ihrem Bett, tot …

und das Buch, das vorher auch auf dort lag, war verschwunden. Aber wo war es?

Einen Monat später stand in der Zeitung zu lesen:

< Mädchen aus China spurlos verschwunden. Zurückgeblieben ist nur ein Buch. Dessen Titel lautet:

„ Der Ruf des Todes "

Fortsetzung in Planung.

Theresa Ernst
Berlin im Mai 2019